Lona de Misa und das Symptom

– Kein Märchen –

von Wolfgang Rzehak

Wolfgang Rzehak

Lona de Misa und das Symptom

Kein Märchen

Illustriert von

Mona und Lisa Wagner

Impressum

© 2021 Wolfgang Rzehak

Lektorat und Korrektorat: Lisa und Mona Wagner
Satz und Layout: Susanne Wagner
Illustrationen: Mona und Lisa Wagner
Cover: Susanne Wagner, Entwurf: Lisa Wagner

Herstellung und Verlag: BoD – Books on Demand, Norderstedt

ISBN: 978-3-7557-3661-5

ℰℴ

*Für Lisa
und Mona*

sowie

*meine Eltern
Wera und Noldi*

ℭℛ

Inhaltsverzeichnis

Kapitel 1: Kein Märchen

„Es war einmal im bösen, bösen Wald ...", so fangen Märchen an. Aber das ist kein Märchen, sondern eine wahre Geschichte. Und deswegen fing Opa Noldi, im Schaukelstuhl vor dem warmen Kamin in der Stube gemütlich wippend, so zu erzählen an: „Tief drinnen im bösen, bösen Wald, da haust das Symptom ..."

Simmy und Monsky, seine Enkeltöchter, erschauderten, als sie das hörten. „Was ist ein Symptom?", fragten sie ängstlich, aber auch neugierig, wie nun mal so junge Eichhörnchen sind. Opa Noldi ließ sich Zeit mit der Antwort und nahm erst einmal einen großen Schluck aus seiner Tasse, gefüllt mit herrlich duftendem Harztee.

Ihr werdet Euch jetzt fragen: Wo gibt es denn sowas? Eichhörnchen, die im Schaukelstuhl vor dem Kamin sitzen, Tee trinken und ihren Enkeltöchtern Geschichten erzählen? Simmy und Monsky waren fröhliche und unbeschwerte Eichhörnchenmädchen und lebten mit ihrer Familie, den Nussbaums, in einem kleinen, aber gemütlichen Holzhäuschen in Haselnussdorf, einem Dorf mit nicht einmal 1000 Einwohnern. Die nächste größere Stadt war sehr weit entfernt. Aber das machte den Eichhörnchen aus Haselnussdorf gar nichts aus. Es gab hier alles, was sie brauchten: Einen Kramerladen, eine Bäckerei, eine Schule und ein paar Gaststätten, denn es kamen sehr gerne Gäste von nah und fern, um hier in reinster Natur zu wandern oder zu baden. Und einen schönen

Opa Noldi im Schaukelstuhl

See mit klarstem Wasser gab es auch. Im Winter wurde dort auch Schlittschuh gelaufen oder Eishockey gespielt. Der EC (Eichhörnchenclub) Haselnussdorf spielte immerhin in der dritten Liga mit. Simmy und Monsky waren begeisterte Anhängerinnen ihres Vereins. Sie spielten selbst schon seit einigen Jahren im Nachwuchs mit. Vor allem kamen die Besucher aber wegen des weitbekannten Haselnussbieres und des sehr schmackhaften Haselnussbratens, welche in der Dorfschänke *Zur Dummen Nuss* angeboten wurden. Das Gasthaus wurde seit Generationen von Familie Nussbaum betrieben. Sie bot neben Essen und Trinken auch Zimmer für Urlaubsgäste an. Bei den Menschen war diese Unterkunft sehr beliebt, denn es gab geräumige und gemütliche Zimmer. Alle packten im Familienbetrieb mit an. Opa und Oma kochten Spezialitäten und brauten das Haselnussbier, während Mama Gabina und Papa Bobo die Gäste bedienten. Manchmal, in den Schulferien oder am Wochenende, halfen auch Simmy und Monsky mit. Sie mussten nicht, aber sie wollten, denn es wurde nie langweilig in der Dorfschänke. So viele verschiedene Gäste aus nah und fern. Das war richtig spannend für die beiden.

Jetzt endlich sagte Opa Noldi: „Ich weiß es nicht. Niemand weiß, was das Symptom ist." Jetzt wurde seine Stimme aufgeregter und lauter. „Denn es ist noch nie jemand aus dem bösen, bösen Wald zurückgekehrt!" Zumindest konnte er sich nicht daran erinnern, dass jemals jemand aus dem Wald zurückgekommen war. „Vielleicht liegt es ja daran, dass keiner rein geht, dann kann ja auch niemand zurückkommen", sagte etwas vorlaut die kleine Monsky und ihre Schwester musste laut kichern.

„Da ist schon was dran", hob Opa Noldi seinen Kopf. Es kam ihm vor, als ob er schon immer diese Geschichte gekannt hatte, schon als kleines Eichhörnchenkind. Wahrscheinlich hatte schon sein Großvater ihm diese Geschichte erzählt und dieser auch wieder dessen Großvater. Er fuhr fort mit der Erzählung der Geschichte. „Seit vielen Generationen geht niemand in den bösen, bösen Wald und niemand kommt aus ihm heraus. Es gab und gibt viele Geschichten und Spekulationen, wie es dort sein könnte. Die einen erzählen dies, die anderen das. Aber niemand weiß es genau. Ganz früher, so meinen einige, war der böse, böse Wald gar nicht böse, sondern ein kleines Paradies: das Gurkenland! Dort soll einst ein friedliches und fröhliches Völkchen gelebt haben: Die Gurkenmenschlein, hieß es, oder das Gurkenvolk. Manche sagen, sie hätten Nasen wie Gurken gehabt und lebten damals vom Gurkenanbau und vom Handel mit diesem Gemüse. Denn ihre Gurken sollen die besten weit und breit gewesen sein. Ob es dieses Völkchen noch gibt?"

„Was ist aus ihnen geworden?", fragte Simmy.

„Keiner weiß es ..." Und Opa Noldi schloss mit den Worten: „Und wir werden es auch nie erfahren, denn niemand wird sich in den bösen, bösen Wald trauen um das Geheimnis zu erforschen. Und das ist gut so. Derjenige würde nicht mehr heraus kommen und uns berichten können – denn dort ist ja das Symptom."

Monsky und Simmy wollten noch mindestens hundert Fragen stellen, aber Opa Noldi wehrte ab: „Nein, für heute ist jetzt Schluss", sagte er freundlich, aber deutlich. „Es ist schon spät und ihr müsst morgen in die Schule."

Als die Eichhörnchenmädchen dann in ihrem gemeinsamen Zimmer in ihren Bettchen lagen, grübelten sie noch lange über diese sonderbare Geschichte. Was hatte es nur auf sich mit dem bösen, bösen Wald? Doch dann schliefen sie endlich ein.

Aber in dieser Nacht passierte etwas sehr Seltsames! Beide hatten gleichzeitig genau denselben Traum: Ein sonderbares Männlein mit einer großen Nase und Zipfelmütze kam darin vor. Aber die Nase war keine gewöhnliche Nase. Sie war tatsächlich eine Gurke! Es schien, als stand das Männlein in ihrem Zimmer. Sie konnten es gut sehen, denn der Raum erstrahlte in einem grünlichen Licht. Und dann sprach das Männlein: „Bitte, bitte, helft uns! Nur ihr könnt uns helfen!" Und das Sonderbarste war: Simmy und Monsky waren sich sicher, dass dies kein Traum sein konnte. In ihrem Zimmer stand ein Männlein und das Männlein war echt! Sie konnten es nicht nur sehen oder hören, sondern sogar riechen. Ein bisschen würzig-säuerlich, nicht unangenehm. So wie eine schmackhafte Essiggurke riecht.

„Wer bist du?", fragten sie im Chor, denn sie hatten keine Angst vor dem Männlein.

„Ich heiße Wasiro und komme aus dem Gurkenland", sagte es.

„Das Gurkenland gibt es also doch!", entfuhr es Simmy und Monsky wieder gleichzeitig. „Aber wie geht das? Das liegt doch im bösen, bösen Wald und niemand kommt in diesen rein und niemand raus", bemerkte nun Simmy.

„Ja, das stimmt! Keiner kommt rein und keiner kommt raus, denn der böse Zauberer Zapotak hat ihn verzaubert", klagte Wasiro. Aber wie hatte das Männlein es denn dann in ihr Zimmer geschafft? „Ich weiß, dass ihr euch nun fragt, warum ich jetzt hier bei euch im Zimmer stehen kann. Das funktioniert über Gurkopathie."

Simmy und Monsky in ihren Betten

Simmy und Monsky schüttelten den Kopf. Es war anscheinend doch nur ein sonderbarer Traum, aus dem sie bald wieder erwachen würden.

„Ja, das funktioniert mittels eines besonderen Zaubertranks, ein Geheimrezept meiner Oma Massila. An dem hat sie jahrelang unter strengster Geheimhaltung geforscht. Ich darf nicht zu viel verraten. Aber es handelt sich um einen Trank basierend auf Gurken, Knoblauch, Kräutern und Pilzen. Und ein guter Schuss Pfeffersoße muss drin sein! Nicht wegen der Wirkung, sondern weil Oma Massila so gern scharf isst." Jetzt mussten Simmy und Monsky kichern und auch Wasiro lachte nun ein bisschen. Doch gleich wurde er wieder ernst: „Ich muss mich beeilen, denn die Wirkung hält nicht so lange an. Und dann bin ich wieder verschwunden und zurück im Gurkenland. Also: Der böse Zapotak hat nicht nur den Wald verzaubert. Er hat auch das Gurkenvolk versklavt! Seit vielen Jahren sind wir nun seine Sklaven und müssen alles tun für ihn. Das ganze Land und alle Gurken gehören jetzt ihm. Und wir ...", seine Stimme war nun brüchig und die Mädchen sahen im grünlichen Licht, wie ihm die Tränen herunterkullerten, „... haben gar nichts mehr." Er fing schließlich an zu schluchzen.

„Wir wollen dir ja helfen, aber wie?", fragten die Mädchen. „Wie bist du ausgerechnet auf uns gekommen?"

„Schon vor langer, langer Zeit gab es eine Prophezeiung im Gurkenland." Und er sprach nun sehr feierlich: *„Es werden düstere und böse Zeiten auf uns* *zukommen, das ganze Land wird verkommen. Das Symptom wird herrschen und uns alle knechten, die Guten wie die Schlechten! Oh weh, wer kann uns retten? Du dumme Nuss! Nur die Netten aus dem Dorfe der Haselnuss. Sagt es ihnen, wenn sie liegen in ihren Betten: Zwei tapfere Eichhörnchenmädel mit buschigem Schädel, zusammen mit zwei Gästen aus dem südlichen Westen! Lesen ist Träumen und Träumen ist Freiheit!"* Nur noch wenige Gurkenmenschen kannten diese Prophezeiung. Zu viele Jahre waren vergangen und es war inzwischen strengstens verboten, sie zu erwähnen. Aber Wasiros Oma Massila hatte sie schon als Kind gehört und erzählte sie immer wieder heimlich ihrem Enkelkind. Und als sie nun den Trank für die Gurkopathie erfunden hatte, war der Plan geboren: Wasiro musste die Retter finden. Eigentlich hatten er und seine Oma Massila gar keinen richtigen Plan, vielmehr eine Idee, so eine vage Hoffnung. Wie er aber dann den Zauber-Gurkentrank getrunken hatte und erst gar nichts passierte, waren sie enttäuscht. Aber dann hatte Oma Massila einen Geistesblitz: Wasiro musste die Prophezeiung aussprechen! Und im selben Moment, in dem er dies tat, stand er schwuppdiwupp vor der Dorfschänke. Als er dann auch noch dort das Schild sah, auf dem geschrieben stand *Zur Dummen Nuss*, wusste er, dass er hier richtig war. Und nun stand er vor den Betten der zwei Mädchen. Doch er hatte nicht viel Zeit und er selbst merkte bereits, dass die Wirkung langsam nachließ. Deshalb flehte er noch einmal mit letzter Kraft und Hoffnung: „Bitte, bitte helft uns!" Langsam wurde seine Stimme leiser, seine Gestalt immer durchsichtiger und das grünliche Licht weniger, aber Wasiro konnte noch etwas sagen: „Ohne euch sind wir verloren ..."

Dann war er weg. Einfach weg! Simmy und Monsky waren fassungslos. Sie kniffen sich gegenseitig in die Wangen, um aus diesem Traum aufzuwachen. Aber sie wachten nicht auf.

Denn sie waren hellwach: „Was war denn das?", dachten sie beide laut und schüttelten den Kopf. Das kann doch alles nicht wahr gewesen sein. Aber es war tatsächlich passiert! Und der beste Beweis dafür war ein kleines Büchlein, in Leder gebunden, welches nun am Boden lag. Darauf stand in grünleuchtenden großen Buchstaben: *Für Simmy und Monsky*. Vorsichtig öffnete Simmy das Buch. Es roch ebenfalls leicht würzig-säuerlich, so wie zuvor das Gurkenmännlein. Und ganz sonderbar: Auf der ersten Seite winkten ihnen, wie in echt, Wasiro und eine alte Frau zu. Das musste Oma Massila sein. Darunter stand: *Bitte lest!*

Und was sie lasen, erschütterte sie so, dass sie nicht lange nachdenken mussten. Beide riefen: „Ja, wir helfen dem Gurkenvolk! Wir schwören es!"

Kapitel 2: Kein Traum

„Oh mei, oh mei, duad mir mei Schädel weh ...", jammerte der Franzi.

Lona de Misa lachte: „Ja, wenn du auch so viel Haselnussbier trinken musst!"

Kleinlaut erwiderte der Franzi: „Ja, ja, hast ja recht, mein Schatzi." Und schon wieder etwas selbstbewusster: „Aber sauguad hod's scho g'schmeckt!"

Am Abend zuvor waren sie im Dorf angekommen. In der Dorfschänke hatten sie ein geräumiges Zimmer für eine Woche gebucht. Sie hatten ausspannen, ein bisschen wandern und im schönen See baden wollen, den Sommer genießen. Ganz einfach „in die Sommerfrische fahren", wie es hier noch etwas altmodisch hieß. Sie hatten durch einen Zeitungsartikel von diesem ungewöhnlichen Ort erfahren: *„Ein Dorf voller Eichhörnchen in herrlichster Natur. Wo gibt es denn sowas? Im wunderschönen Haselnussdorf! Und die Eichhörnchen sind keine gewöhnlichen Eichhörnchen. Sie leben wie wir Menschen und sind uns sehr ähnlich.*

Nicht ganz so groß, aber viel größer als gewöhnliche Eichhörnchen. Sie gehen aufrecht und leben in gemütlichen Häusern aus Holz, tragen Kleidung, haben eine Schule und es gibt sogar einen Eishockeyverein, der in der dritten Liga spielt. Und das Beste ist: Sie sprechen unsere Sprache. Wenn auch einen sehr niedlich klingenden Dialekt. Hier können Sie einen unvergesslichen Urlaub erleben!", schwärmte der Autor des Artikels über das Eichhörnchendorf. Als Lona de Misa den Reisebericht ein paar Tage zuvor in ihrer Heimatzeitung, dem *Tegernseer Boten*, gelesen hatte, war sie hin und weg gewesen: „Da fahren wir hin, Franzi! Aber sofort! Das will ich sehen!"

Franzi war etwas überrascht gewesen: „Wohin?"

„Nach Haselnussdorf will ich! Und das sobald wie möglich!" Sie hatte ihm die Zeitung über den Küchentisch gereicht, an dem sie gerade frühstückten.

Sie lebten am schönen Tegernsee in ihrem Häuschen: Ein altes und kleines, aber sehr gemütliches Haus mit Garten, ein bisschen oberhalb des Sees. Der Tegernsee war von dort aus sogar etwas zu sehen und sie hatten einen herrlichen Blick auf die Berge. Und das schönste war: Gleich in der Nachbarschaft war eine bayerische Wirtschaft und da schmeckte es wirklich gut! Da gab es einen herrlichen Schweinsbraten und das Schnitzel war einfach unübertroffen! Aber das Tegernseer Bier, das liebte der Franzi am meisten.

„Wir haben es doch bei uns so schön, Lona de Misa. Warum müssen wir denn da wegfahren?"
„Reisen bildet!"
Franzi hatte jetzt gewusst, dass er keine Chance mehr hatte. Wenn seine Freundin sich etwas in den Kopf gesetzt hatte, dann zog sie es auch durch. Trotzdem hatte er noch bemerkt: „Aber Schatzi, nächste Woche ist doch das erste Waldfest im Tal und das gefällt dir doch so. Und wir wollten uns doch wie jedes Jahr dort mit unseren Freunden treffen", hatte er noch darauf gehofft, dass sein Schatzi die Meinung änderte. Er hatte geseufzt und an all die guten Grillhendl gedacht, welche er nicht essen würde, das viele süffige Tegernseer Bier, welches er nicht trinken würde und an die feschen Madln im Dirndl, welche er nicht sehen würde. Nicht, dass er seiner Lona de Misa jemals untreu geworden wäre, aber hübschen Madln nachschauen ist ja nicht verboten … Das Hendl und das Bier schmecken dann immer noch besser, träumte er so vor sich hin.

„Nix gibt's! Morgen geht's los! Nur wer die Ferne sieht, weiß auch die Heimat zu schätzen!"

Er hatte noch erwidern wollen, dass er die Heimat doch jetzt schon so sehr schätze, mehr gehe gar nicht mehr. Aber er hatte gewusst, dass es eh keinen Zweck hatte. Denn eines hatte er gelernt in der Beziehung mit seiner Liebsten: Du kannst zwei Stunden mit einer Frau streiten und ihr dann Recht geben oder ihr gleich Recht geben. Dann sparst du dir wenigstens die zwei Stunden Streit.

Und er hatte etwas resigniert genickt: „Ja, Schatzi, wennst meinst, dann mach ma des." Und es hatte ja gestimmt: Ein Eichhörnchendorf zum Urlaubmachen, das hatte ihn schon auch neugierig gemacht. Und vor allem dieser Absatz in dem Reisebericht hatte ihm gefallen: *„Hier gibt es bestes Haselnussbier! Das schmeckt sensationell. Ein besonderes Schmankerl, das nur in der Dorfschänke ‚Zur Dummen Nuss' in Haselnussdorf ausgeschenkt wird."*

Franzi war nun versöhnlich geworden: „Schatzi, dann buche ich gleiche heute ein Zimmer in der Dorfschänke."

Lona de Misa hatte gelächelt. „Franzi, du bist ein Schatz!" Dann hatte sie ihm noch ein dickes Bussi auf den Mund gegeben und ihn angestrahlt.

Und auch Franzi hatte jetzt gestrahlt. Eine Reise hat schon auch was, hatte er nun gedacht und ihr versprochen: „Das wird ein schöner Urlaub werden!"
Doch die beiden hatten ja nicht ahnen können, dass es kein entspannter Urlaub, sondern ein großes Abenteuer werden sollte ...

Das Haselnussbier war ja wirklich super, da hatte der Zeitungsartikel Recht, dachte nun Franzi beim Frühstück in der Dorfschänke – auch wenn sein Kopf gerade brummte wie ein Bienenstock. Aber der Haselnussbraten, von dem auch so geschwärmt wurde, war für ihn, der halt am liebsten Schweinsbraten, Grillhendl und Schnitzel aß, dann doch etwas gewöhnungsbedürftig. Auch wenn er aussah wie ein schöner Braten, da war kein Fleisch drin! Denn die Eichhörnchen in Haselnussdorf aßen nun mal kein Fleisch. Schließlich wollten sie doch keine anderen Tiere essen! In ganz Haselnussdorf gab es weder Wurst noch Fleisch. Fast alles war hier vorhanden: Gaststätten, Kramerladen, Bäcker, Doktor, Apotheke, Schule und sogar ein Eisstadion, aber einen Metzger fandst du hier garantiert nicht. Wenn das in dem Zeitungsartikel gestanden hätte, sinnierte Franzi, wäre sein Widerstand gegen eine Urlaubsreise wohl doch etwas größer ausgefallen. Aber gleichzeitig wusste er, dass es sowieso nichts genützt hätte. Denn, wenn sein Schatzi sich etwas in den Kopf gesetzt hatte, ...

Der Haselnussbraten am Vorabend war also, wie gesagt, nicht ganz so nach dem Geschmack vom Franzi gewesen. Als Lona de Misa ihn beim Abendessen gefragt hatte, ob es ihm schmecke, hatte er ganz trocken geantwortet: „Ned guad, ned schlecht, aber lustig."
Lona de Misa hatte vor Lachen geprustet: „Ja, des trifft's!" Denn das Gleiche hatte sie auch gedacht.

Als sie so gemütlich beim Frühstück saßen und der Kopf vom Franzi langsam wieder etwas besser wurde – dank des guten, starken Walnusskaffees und vielen Gläsern eiskalter Kräuterlimo – gab es auf einmal ein großes Durcheinander in der Dorfschänke. Ein Wehklagen, Schluchzen und Jammern war zu hören. Und dann war es auch zu sehen: Gabina Nussbaum, die Mama von Simmy und Monsky, stürzte in den Frühstücksraum. Sie war im Gesicht bleich wie Kreide. „Meine Mädchen, meine Mädchen!", schluchzte sie. Und als sie dann auch noch „Sie sind auf dem Weg zum bösen, bösen Wald!" rief, bekamen alle Gäste im Frühstücksraum es mit der Angst zu tun. Auch Papa

Bobo Nussbaum kam hinein. Er war ebenfalls tief bestürzt und traurig. Er brachte kein Wort heraus und wimmerte nur leise vor sich hin. Es war ihm deutlich anzusehen: Er war einfach nur verzweifelt.

„Was ist denn los, liebe Frau Nussbaum?", fragte Lona de Misa die Wirtin möglichst ruhig und einfühlsam, obwohl auch ihr der Schrecken in den Gliedern steckte.
„Simmy und Monsky sind weg! Sie sind auf dem Weg zum bösen, bösen Wald. Was wird nur aus ihnen werden? Sie sind verloren! Ich werde meine kleinen Mädchen nie wieder sehen", wehklagte Gabina Nussbaum. Und sie gab Lona de Misa einen Brief. Es war der Abschiedsbrief, den sie vorhin, als sie die Mädchen wecken wollte, auf dem Bettchen von Simmy gefunden hatte.

Lona de Misa las mit ruhiger Stimme vor, niemand im Frühstücksraum wagte etwas zu sagen oder auch nur ein Geräusch zu machen:

„Liebe Mama, lieber Papa, liebe Oma und lieber Opa. Wir hatten heute Nacht einen Traum. Aber der Traum war gar kein Traum ..."

In dem Abschiedsbrief schilderten sie die ganze Geschichte, so wie sie diese tatsächlich erlebt hatten. Auch das Büchlein, das sie als Beweis im Anschluss an ihr nächtliches Erlebnis gefunden hatten, erwähnten sie. Der Brief endete mit den Worten:

„Und jetzt werden wir in den bösen, bösen Wald gehen. Wenn ihr diesen Brief lest, sind wir schon auf dem Weg. Wir retten das Gurkenvölkchen! Bitte seid uns nicht böse, aber wir können nicht anders.

Eure Simmy und Monsky"

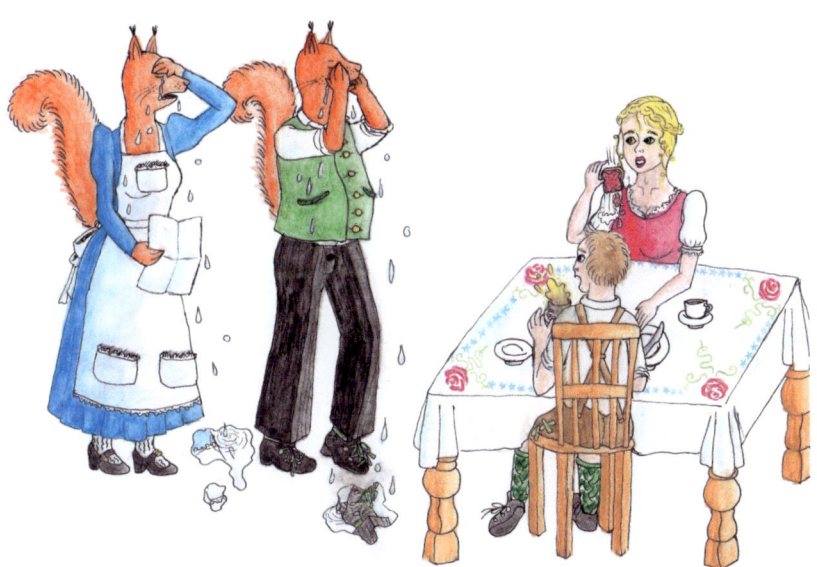

Lona de Misa und Franzi beim Frühstück

Lona de Misa war es in derselben Sekunde, als sie begonnen hatte, den Brief zu lesen, wieder eingefallen: Das war auch ihr Traum heute Nacht! Sie hatte ihn nur vergessen gehabt. Und auch Franzi dämmerte es nun trotz seines Brummschädels: Auch er hatte genau diesen Traum geträumt. Der Traum der Mädchen war auch ihrer! Sie hatten die ganze Geschichte miterlebt, so als ob auch sie sich im Zimmer der Mädchen befunden hätten. Bis zu der Stelle, als das Gurkenmännchen wieder verschwand. Warum war ihnen das nicht vorher eingefallen? Ja, wie das halt so mit dem Träumen ist. Man träumt viel und vergisst viel. Und am nächsten Morgen denkt man nicht mehr daran. Vor allem dann, wenn der Kopf noch vom Haselnussbier brummt! Aber dieser Traum war ja gar keiner. Alle vier – also Simmy, Monsky und auch Lona de Misa und Franzi – hatten das Gurkenmännlein ja wirklich erlebt!

Und ohne lange zu überlegen rief Lona de Misa aus: „Keine Angst, Frau Nussbaum, wir werden die Mädchen finden und zurückbringen! Versprochen!"
Und Franzi nahm Lona de Misa in den Arm und bekräftigte die Worte seiner Freundin auf Bayerisch: „Versprocha! Und des Gurkenvoik dern ma a befrei'n.

Weil de Prophezeiung guid!" Er konnte sie schon auswendig und sprach nun gemeinsam mit Lona de Misa sehr feierlich: *„Es werden düstere und böse Zeiten auf uns zukommen, das ganze Land wird verkommen. Das Symptom wird herrschen und uns alle knechten, die Guten wie die Schlechten! Oh weh, wer kann uns retten? Du dumme Nuss! Nur die Netten aus dem Dorfe der Haselnuss. Sagt es ihnen, wenn sie liegen in ihren Betten: Zwei tapfere Eichhörnchenmädel mit buschigem Schädel, zusammen mit zwei Gästen aus dem südlichen Westen!"* Und zum Schluss noch: *„Lesen ist Träumen und Träumen ist Freiheit!"*

Auch wenn Frau Nussbaum noch immer die Angst um ihre beiden Mädchen ins Gesicht geschrieben stand: Ein bisschen besser ging es ihr nun schon. Lona de Misa und ihr Franzi strahlten etwas aus, das ihr Mut machte. Diese Zuversicht der beiden oberbayerischen Gäste war ansteckend.

Franzi deckte sich noch mit einem Fass Haselnussbier ein, denn er hatte diesmal nicht so viel Tegernseer Bier als Proviant dabei, wie üblicherweise im Urlaub. Man weiß ja nie, wie das Bier dort schmeckt, dachte er immer vor einer Reise. Aber dieses Mal hatte er keine Notration Tegernseer Bier dabei. Denn Haselnussbier war ja dafür bekannt, dass es gut war. Und auch Lona de Misa packte einen Rucksack mit Reiseproviant und etwas Kleidung. Auch Schlafsäcke wollten sie mitnehmen. Und auf einmal sah sie auf der Kommode ein kleines ledernes Büchlein. Genauso eines wie jenes, das Simmy und Monsky in ihrem Zimmer auf dem Boden gefunden hatten, nachdem Wasiro wieder verschwunden war. Lona de Misa nahm es an sich und roch daran. Würzig-säuerlich roch es, nach Essiggurken. Und darauf stand: *Für Lona de Misa und Franzi.* Und jetzt wusste sie es ganz sicher: Es war kein Traum, das Gurkenmännlein gibt es wirklich!

Kapitel 3: Zapotaks Traum

„Lesen ist Träumen und Träumen ist Freiheit!" Dieser Satz war es, der Zapotak große Sorgen bereitete. Auch er kannte die Prophezeiung. Vor einigen Jahren hatte er von ihr gehört. Sie wurde erzählt, aber auch in schriftlicher Form verbreitet. Als er die Macht an sich gerissen hatte, ließ er deswegen alle Bücher verbieten. Alle Bücher des Landes wurden eingesammelt und in die Schlossbibliothek gebracht. Eigentlich hatte er ja gar nichts gegen Bücher, er selbst las gerne und viel. Er konnte ein Buch regelrecht an einem Stück verschlingen. Aber dieser eine Satz der Prophezeiung machte ihm richtig Angst: *„Lesen ist Träumen und Träumen ist Freiheit!"*, fiel es ihm jetzt gerade wieder ein. Er hatte sich so ein prächtiges Reich aufgebaut und war so mächtig. Das wollte er nie wieder hergeben müssen. Es war immer schon sein Traum gewesen, als böser Herrscher in die Geschichte der bösen Zauberer einzugehen. Zapotak dachte gerne an die Zeit seines Aufstiegs zurück. Er

schenkte sich ein gutes Glas Gurkenwein ein, ließ sich auf seinen goldenen Thron im Residenzzimmer seines pompösen Schlosses nieder und dachte mit einem zufriedenen Lächeln über die vergangenen Jahre nach. Ganz allein war er in seinem Palast. Nur sein rosa Pudel Fridolin war bei ihm. Der Pudel war das einzige Lebewesen, das er mochte und neben sich duldete. Er kraulte ihn liebevoll hinterm Ohr. Im Kaminofen prasselte gemütlich ein Feuer. Das waren die Augenblicke, die Zapotak so sehr genoss und liebte.

Pudel Fridolin

Wie oft hatten die anderen bösen Zauberer ihn früher spüren lassen, dass er nicht dazu gehörte. Nicht nur einmal wurde er auf dem ISBÖZ (Institut und Schule für Böses Zaubertum) mit den Worten „Zapotak, du kleines Lamm, bringst ja doch nix Böses zamm! Magst ja auch kein Blut, bist halt doch so lieb und gut!" gehänselt. Nur weil er kein Blut sehen konnte ... Er ärgerte er sich ja selbst darüber. Schon wenn sich jemand in den Finger schnitt, drehte sich ihm der Magen um. Und es stimme ja tatsächlich: So richtig grausam zu sein, mit Kopf ab und dem vollem Folter-Programm – das gefiel ihm nun wirklich nicht. Er wollte böse sein, ja, aber das konnte man doch auch anders. Allein beim Gedanken an Blut fröstelte es ihn. Auch aus diesem Grunde war er Vegetarier geworden. Er war sozusagen das schwarze Schaf der alteingesessenen Zaubererfamilie Zapotak. Oder besser gesagt, das kleine, weiße Lämmchen der Familie, wie sein Vater immer wieder enttäuscht feststellen musste. Nach der Abschlussprüfung auf der ISBÖZ, in der er in allen Fächern, außer den „Blutfächern", nur die Bestnote erhalten hatte, war es für ihn gar nicht so einfach, eine angemessene Arbeit zu finden. Denn wer nahm schon einen bösen Zauberer, der den Ruf hatte, ein kleines liebes Lämmchen zu sein? Jedenfalls kam er bei den bösen Zauberfirmen nicht unter. Auch nicht bei den Mafiabossen oder anderen

Verbrechern, die sonst so gerne die als skrupellos bekannten Absolventen des ISBÖZ übernahmen. Mit diesem Ruf – keine Chance! So brauchte es eine Alternative und er arbeitete schließlich ein paar Jahre bei einer Bank. Die Bank hieß *Raffzahn und Söhne* und der Name war Programm. Die Arbeit dort machte ihm schon ein bisschen Spaß, denn da konnte er nach Herzenslust böse sein, ganz ohne Blut zu vergießen. Das gefiel ihm zunächst sehr. Aber auf lange Sicht war es dann auch nicht sehr befriedigend. Wenn du wie Zapotak aus einer alten bösen Zaubererfamilie kommst und dein Vater so eine Hoffnung in dich gesteckt hatte, dass du die ehrbare Familientradition weiterführen wirst und dann landest du bei einer Bank ...

Mit Wucherkrediten oder bewusst falscher Beratung ganze Firmen zu vernichten und vielen Familien die wirtschaftliche Existenz zu nehmen, ist ja schon ganz schön böse. Aber aus Sicht seiner Familie war es nun mal nicht böse genug. Selbst seine Mutter, die sonst nichts über ihren Buben kommen ließ, schämte sich und jammerte immer wieder: „Diese Schande! Mein Bub bei einer Bank. Was sollen nur die Leute von uns denken?"

Aber nun hatte Zapotak es geschafft. Er gehörte dazu! Er war bekannt bei den bösen Zauberern! Und selbst diejenigen, die ihn damals auf dem Schulhof verspottet hatten, sprachen nun anerkennend über ihn: „Der böse Zauberer Zapotak aus dem bösen, bösen Wald, der ist so richtig böse und das ganz ohne Blut zu vergießen."

Ja, das war schon eine tolle Sache, wie er das bewerkstelligt hatte. Und das wohlgemerkt ganz ohne Blut! „Aber mit viel Gurken! Hähähähä!", lachte er jetzt laut und diabolisch auf.

Das war der Coup des Jahrhunderts, wie er das gemacht hatte. „Blut kann jeder minderbegabte Bösewicht, aber die Leute dazu zu bringen, sich selbst zu knechten ..." Das war schon ein Meisterstück!

Er erinnerte sich daran, als ob das Ganze erst gestern geschehen wäre: Vor vielen Jahren hatte er in der Zeitung einen Reisebericht über das Gurkenland gelesen. Ein wunderbares Fleckchen Erde im Osten. Ein kleines Paradies. Und so sah es dort auch aus. Das Gurkenland war nicht besonders groß, aber es war wunderschön anzusehen. Kleine Dörfer lagen in einem großen, lichten Wald. Das ganze Land war durchzogen von kleinen Kanälen und die meisten Dörfer waren tatsächlich nur auf dem Wasserwege zu erreichen. Glückliche, bescheidene und zufriedene Gurkenmenschlein lebten in Frieden und genossen ihr Leben. Sie wohnten in Baumhäusern und verdienten ihren Unterhalt vor allem mit dem Gurkenanbau. Es gab dort die besten und delikatesten Gurken. Da waren sich die Gourmets im Westen wie im Osten einig. Und alles Bio! Niemals wären die Gurkenmenschlein auf die Idee gekommen, Chemie oder Pflanzengifte einzusetzen. Ihnen waren die Natur und die Umwelt heilig. Lieber weniger ernten, aber dafür etwas Gutes! So dachten alle, oder besser gesagt fast alle im Land. Alle genossen einen gewissen Wohlstand und profitierten von dem guten Ruf der Gurken. Denn diese wurden zum Beispiel auch in das gar nicht so weit entfernte Haselnussdorf verkauft. Und viele Gäste aus nah und fern wollten das Gurkenland besuchen und die schmackhaften Gurken probieren. Es gab auch Gasthöfe in denen man unzählige Gurkengerichte probieren konnte, beispielsweise Gurkennudeln oder Gurkenauflauf. Es gab Gurkensuppe in jeglichen Variationen. Aber eines war allen Gerichten gemeinsam: Fleisch war keines darin zu finden. Denn das Gurkenvölkchen war friedlich und niemand konnte es über das Herz bringen, ein Tier zu töten. Sehr schmackhaft waren auch die Getränke, fast immer auf Basis von Gurkensaft. Ob Schnaps, Wein oder Gurken-Limo, es gab eine große Auswahl. „Da mach ich meine Ferien. Ein Paradies für Vegetarier wie mich. Ich muss jetzt auch mal vom Bösesein Urlaub machen", kam damals Zapotak der spontane Gedanke. Denn die Arbeit in der Bank *Raffzahn und Söhne* machte ihm immer weniger Spaß. „Wenn du der hundertsten Familie die Existenz zerstört hast, ist es halt was anderes als die freudige Erregung, die du beim ersten Mal erlebst", wurde ihm damals klar.

Also auf ins Gurkenland! Erst mit dem Zug und die letzten Kilometer dann mit einem Kahn, einer Art Wasser-Taxi. Natürlich hätte Zapotak sich dort auch selbst hinzaubern können, aber für ihn war die Anreise auch immer ein Teil des Urlaubes und er genoss es, wie die Landschaft sich veränderte. Wie er dann endlich ankam und sich im Gasthaus *Zum Gurkenkönig* im Dorf Gurkowitz einmietete, merkte er sofort, wie nett, freundlich und hilfsbereit die Gurkenmenschlein waren. Sie waren höflich und bescheiden und hatten immer ein fröhliches Lächeln auf den Lippen. „So viel Nettigkeit auf einmal!", dachte er verächtlich.

Normalerweise trieben ihn nette Menschen ja zur Weißglut, aber hier war es ihm egal. Er war ja im Urlaub und nicht in der Arbeit! Ihm fiel damals auf: Die Gurkenmenschlein waren einfach glücklich und zufrieden. Sie waren aber auch etwas naiv und sehr gutgläubig. Dadurch, dass sie selbst so friedfertige und sanfte Wesen waren, immer ehrlich und niemanden etwas Böses wünschten, dachten sie, alle wären so wie sie. Sie konnten sich nicht vorstellen, dass es böse Lebewesen überhaupt gab.

„Doch sie hatten damals nicht mit mir, dem bösen Zauberer Zapotak, gerechnet. Hähähähähä!", lachte Zapotak nun laut auf und strahlte seinen rosa Pudel an. In seinen großen Augen spiegelten sich die Flammen des Kaminfeuers. Der ganze Thronsaal war erfüllt von seinem bösen und gemeinen Lachen. Er nahm wieder einen großen Schluck von seinem exzellenten Gurkenwein, einem *92er Gurkheimer Südhang*, wie er anerkennend und stolz bemerkte, als er auf das Etikett sah und sank wieder in seinen Erinnerungen:

Keiner war seinerzeit im Gurkenland besonders reich, aber dafür war hier auch niemand arm. Und wenn jemand Probleme hatte oder es ihm und seiner Familie nicht gut ging, wollten die anderen helfen. Denn das war die Basis des Zusammenlebens im Gurkenland. Hier galt nicht der Spruch: „Hilf dir selbst, so hilft dir Gott!", sondern: „Wer anderen hilft, dem hilft Gott!" Und an diesen Spruch hielten sich alle, selbst diejenigen, die nicht an Gott glaubten.

Zapotak glaubte jedoch weder an einen Gott, noch an sonst jemanden. Er glaubte nur an sich selbst. In ihm reifte ein wirklich böser und perfider Plan. Er würde das Gurkenland zu seinem Reich machen. Er würde der Herrscher über dieses Land werden und die Gurkenmenschlein würde er unterwerfen, ganz ohne Blut, aber dafür umso effektiver! Mit ihrer eigenen Hilfe und ihrer grenzenlosen Naivität.

Er musste dafür sorgen, dass sie neidisch und gierig wurden. Zwietracht wollte er sähen. Und als er in der hiesigen Lokalzeitung, dem *Gurkenheimer Anzeiger*, las, dass die Wahl des Gurkenkönigs wieder anstand, verfestigte sich sein Plan. „Der König wird hier gewählt, das klingt ja interessant", dachte sich Zapotak.

Seit Gurkenmenschleingedenken war das Gurkenland eine Demokratie. Die Gurkenmenschlein waren schon immer der Meinung, dass dies die beste Regierungsform sei. Denn alle sind gleich wichtig und sollen auch mitreden dürfen. Und wenn ein König seine Sache nicht gut macht, dann solle es jemand anderes machen. Deswegen wählten sie alle fünf Jahre einen Gurkenkönig oder eine Gurkenkönigin. Das Amt nannte sich zwar Gurkenkönig, war aber eher vergleichbar mit dem eines Bürgermeisters. Da das Gurkenvölkchen so friedfertig, so bescheiden und so glücklich war, handelte es sich auch eher um ein repräsentatives Amt. Soviel zu entscheiden gab es hier nämlich nicht. Eigentlich waren ja alle zufrieden. Und wer zufrieden ist, braucht auch keine großen Änderungen oder Projekte.

Das „Schloss" des Gurkenkönigs war kein wirkliches Schloss, sondern ein Häuschen auf einem Baum. Von diesem Baumhaus aus konnte man weit ins Land schauen und dabei glücklich und zufrieden sein. Und über die Amtsgeschäfte nachdenken: Eröffnung des Gurkenfestes, Prämierung der besten Gurke, Anzapfen auf dem Gurkenweinfest und was sonst noch so anstand.

Vor fast fünf Jahren wurde Fiona Cucumber zur Gurkenkönigin gewählt – knapp und unerwartet. Aber sie machte sich als Gurkenkönigin ganz gut. Dieser Meinung waren zumindest die meisten der Bürgerinnen und Bürger des Gurkenlandes. Fiona war bescheiden und freundlich und behandelte alle gleich. Aber ein paar wenige mochten sie trotzdem nicht besonders, ja manche hassten sie regelrecht. Das hatte zwei Gründe: Sie war die erste Gurkenkönigin in der langen Geschichte des kleinen Landes. Bisher gab es nur männliche Gurkenkönige. Und außerdem waren ihre Eltern mit ihr aus einem anderen Land eingewandert. Das sah man auch an ihrer Gurkennase, die war nicht ganz so groß und krumm und grün wie bei den anderen Gurkenmenschlein. Und einige alteingesessene Gurkenländler rümpften da schon ihre Gurkennase und lästerten: „Eine Frau auf dem Thron des Gurkenkönigs? Muss das denn sein? Kann die das überhaupt? Und dann stammen ihre Eltern auch noch von woanders her. Gehört die überhaupt zu unserem Volk dazu? Ihre Nase ist so klein und so wenig krumm, wie hässlich …"

Solch ein Gespräch bekam Zapotak abends im Gasthaus *Zum Gurkenkönig* mit. Er aß gerade ein vorzügliches Gurkensüpplein mit viel Chili und Knoblauch und trank ein Glas Gurkenwein dazu, einen

Grünen Gurkliner. Vier mürrische Gurkenmenschlein saßen am Nachbartisch, tranken Gurkenwein und unterhielten sich. „Das trifft sich ja gut, hähähä!", dachte er. „Sind doch nicht alle so zufrieden hier", witterte er eine Chance.

„Werte Herren, entschuldigen Sie, dass ich Sie störe, aber ich habe gerade das Gespräch mitbekommen. Darf ich mich kurz vorstellen?", fragte er gekünstelt freundlich. Die Herren hatten nichts dagegen, also begann er: „Mein Name ist Graf von und zu Zapotak. Ich mache hier in ihrem wunderschönen Land Urlaub. Ich las heute im *Gurkenheimer Anzeiger* von der kommenden Wahl zum Gurkenkönig. Und da stellte ich mir genau die gleichen Fragen wie Sie. Ist es jetzt hier auch schon so, wie bei uns im Westen? Zählen denn Tradition und die alten Werte gar nichts mehr im Gurkenland?"

Die mürrischen Männer waren jetzt gar nicht mehr so mürrisch, denn da war endlich mal ein Gast aus dem Westen, der sie verstand. Es waren vier Gurkenbauern, denen es bestimmt nicht schlecht ging. Und die genauso glücklich und zufrieden leben könnten, wie alle anderen in diesem Land. Es war ein Glück in diesem wunderschönen Land leben zu dürfen. Aber

Glück zu haben, heißt nicht unbedingt, glücklich zu sein. Es gibt halt immer ein paar, die nie zufrieden sind. Die sich gerne über dies und das beschweren.

Im Gasthaus

Einmal sei die Ernte zu schlecht, einmal die Arbeit zu viel, dann der Gurkenwein zu sauer, obwohl er nicht anders schmeckte, als sonst. Und was in ihnen nagte, war das Gefühl, als Männlein nicht mehr die ihnen zustehende Rolle zu spielen. Seit vielen Jahren schon hatten die Gurkenweiblein die gleichen Rechte und verdienten genauso viel wie die Männlein. Sie mussten nicht, wie früher einmal üblich, einfach irgendein

Männlein heiraten, nur um versorgt zu sein. Das war auch der Grund, warum die vier Gurkenmännlein alle, bis auf eines, unverheiratet waren. Denn welches Gurkenweiblein will sich schon von einem griesgrämigen Gurkenbauern herumkommandieren lassen? Und am schlimmsten war für sie: Jetzt war der Thron des Gurkenkönigs auch noch von einer Gurkenkönigin besetzt, noch dazu eine Nichthiesige. Sie spotteten über sie: „Diese Halbgurke spielt sich als König auf!" Die Wahl Fiona Cucumbers war für sie das Symbol für den Untergang des Gurkenlandes, zumindest des Gurkenlandes wie sie es von früher kannten und liebten. Es war doch ihr Gurkenland!

Zapotak bestellte noch eine Flasche Gurkenwein: „Darf ich Sie einladen, meine Herren?" Natürlich durfte er. Und es blieb nicht bei der einen Flasche. Zapotak wusste, er war an die Richtigen geraten für seinen Plan. Jetzt konnten sich diese Gurkenmännlein endlich mal den Frust von der Seele reden. Und der Wein löste ihre Zungen. Zapotak verstand es, immer wieder Öl ins Feuer zu gießen durch Bemerkungen oder Fragen wie: „Aber das darf man sich doch nicht gefallen lassen!" oder „Kann es sein, dass die Gurkenkönigin nur an sich selbst denkt und nicht an das Volk?" So redeten sie sich immer mehr in Rage. Irgendwann hatte er sie da wo er wollte: „Dann wählt sie doch ab! Jammern hilft nichts, ihr müsst handeln wie echte Gurkenmännlein!"

„Ja, dann wählen wir sie einfach ab!", riefen sie voller Aufregung. Aber schon kurz darauf kehrte der Frust zurück. Denn sie wussten, dass Fiona Cucumber sehr beliebt war im Volk und eine Abwahl leichter gesagt war, als getan.
Zapotak verkündete nun betont feierlich und pathetisch: „Ich helfe Euch! Gemeinsam werden wir das Gurkenland befreien von dieser Halbgurke!"

Die vier Gurkenmännlein hießen Jono Gurkerich, Axo Salzgurke, Tolo Salatgurke und Oleg von der Gurke. Oleg von der Gurke konnte besser reden als die anderen und er machte einen gepflegten Eindruck. Er trat nicht so dumpf und grobschlächtig auf, wie seine drei Freunde. Man spürte noch ein bisschen vom Glanz des alten Gurkenadels. Der hatte zwar nichts mehr zu sagen, aber einige Gurkenländer schwärmten schon noch von „der guten alten Zeit". Und Zapotak konnte sich vorstellen, dass es mit Oleg von der Gurke funktionieren könnte. „Zuerst brauchen wir einen geeigneten Kandidaten. Wer von euch hat den

Mumm, als Gurkenkönig zu kandidieren und gegen Fiona Cucumber anzutreten?" Da war dann eher betretenes Schweigen angesagt. Denn zu schimpfen und zu kritisieren war das eine, aber selbst anzutreten? Zapotak schaute in die Runde: „Oleg von der Gurke!" Und er sprach nun direkt den adeligen Gurkinger mit dominanter Stimme an: „Oleg! Es ist deine Pflicht, das Vaterland zu retten. Das bist du deinem Volk schuldig!"

Oleg schaute verdutzt. Er solle antreten? Aber die anderen drei waren begeistert von der Idee. Vor allem weil sie nicht selbst ran mussten.

Und Zapotak versprach: „Keine Angst, ich und deine Freunde werden dir helfen! Mit Rat und Tat!"

Und sie stießen mit einem letzten Glas Gurkenwein an: „Auf den neuen Gurkenkönig! Auf Oleg, den Ersten!"

Kapitel 4:   Eine geniale Kampagne

Am nächsten Morgen trafen sich alle fünf wieder, um den Wahlkampf zu planen. Zapotak wurde nun offizieller Wahlkampfmanager. Und es wurde eine Partei gegründet. Diese nannten sie auf Vorschlag von Zapotak: DAS IST UNSER GURKENLAND! Abgekürzt: DIUGL. Axo Salzgurke wurde zum Vorsitzenden gewählt und Jono Gurkerich zu seinem Stellvertreter. Als Schatzmeister schlug Zapotak Tolo Salatgurke vor. Der hatte zwar überhaupt keine Ahnung und war von allen derjenige, der sich am wenigsten mit Geld und Zahlen auskannte. Aber das war Zapotak gerade recht, dann würde er ihn auch am wenigsten bei der Verwirklichung seines Planes stören. „Für eine gute Wahlkampagne braucht es ein gutes Konzept und viel Geld! Für beides werde ich sorgen. Vertraut mir!"
„Aber woher soll das Geld für die Kampagne kommen?", fragte Axo Salzgurke neugierig.
Zapotak ging gar nicht darauf ein und wiederholte nur: „Vertraut mir, ihr werdet es nicht bereuen." Und

dachte für sich: „Und wie sie es bereuen werden, hähähä!" Fast hätten sie sein böses Lachen gehört, aber er fing sich wieder und sprach: „Los, an die Arbeit! Es gibt viel zu tun!"

Und es entstand eine Wahlkampagne, wie sie das Gurkenland noch nicht gesehen hatte. Zigtausende Gurkentaler steckte Zapotak in die Kampagne, dafür musste die Partei DIUGL – sie bestand nur aus ihren vier Gründungsmitgliedern – bei ihm einen Kredit aufnehmen. Sie waren so naiv und vertrauensselig und schauten sich nicht mal das Kleingedruckte im Vertrag an. Das ganze Land wurde mit riesigen Plakatwänden übersät und jeden Tag gab es doppelseitige Wahlanzeigen im *Gurkenheimer Anzeiger* für Oleg von der Gurke. Dieser wurde als der nette und einfühlsame Landesvater für sein Volk vorgestellt. „Image ist alles!", machte Zapotak gegenüber dem Vorsitzenden Axo Salzgurke deutlich, als dieser ein bisschen nachdenklich wurde über den großen Aufwand und die hohen Kosten der Kampagne. Zapotak spielte nun ein bisschen beleidigt und merkte an: „So kann ich nicht arbeiten. Wenn ihr kein Vertrauen in mich habt, müsst ihr euch einen anderen suchen."

Sofort beschwichtigten ihn alle vier. Und vor allem Oleg von der Gurke, dem längst der Gedanke gefiel, der neue Gurkenkönig zu werden, bekam nun richtig Angst. Denn Oleg wusste: Ohne Zapotak war er rein gar nichts. Er war auf Gedeih und Verderb auf ihn angewiesen. Unterwürfig versicherte er ihm, dass er und die anderen absolutes Vertrauen in ihn hätten und er bitte, bitte weiter ihr Wahlkampfmanager bleiben solle. „Hähähä, schön blöd!", dachte Zapotak.

Der beleidigte Zapotak

Der Aufbau des Images von Oleg von der Gurke war das eine. Das Wichtigste an der Kampagne war aber die Zerstörung des Rufes von Fiona Cucumber. Sie, die als bescheiden, ehrlich, freundlich und gerecht galt. Eine Gurkenkönigin, die sich um alle Bürgerinnen und Bürger des Landes kümmert und alle gleich behandelt. Diesen Ruf galt es zu zerstören.

Also setzte er böse Gerüchte in die Welt. Aber immer so, dass keiner wusste, dass sie von ihm stammten. Anonyme Briefe mit Hinweisen auf angebliche Verfehlungen von Fiona Cucumber gingen an den *Gurkenheimer Anzeiger*. Und es gab auch Leserbriefe unter falschen Namen. Die hatten ein angebliches Leben von Fiona in Saus und Braus auf Kosten des Landes zum Inhalt. Und dass sie die in den letzten Jahren zugezogenen Gurkenländer gegenüber den alteingesessenen Gurkenmenschlein bevorzugen würde. Was ja kein Wunder sei, da diese Halbgurke ja auch keine echte Gurkenländerin wäre. Immer wieder verkleidete oder verwandelte sich Zapotak durch einen kleinen Zauber, damit er nicht erkannt wurde und mischte sich unter das Volk, zum Beispiel in den Gasthäusern. Dort hetzte er die Leute auf: „Habt ihr schon gehört, dass ..." oder „Die Leute sagen, dass ..."

waren so Sätze, die er immer gerne einbrachte. So langsam ging seine Saat auf. Es wurde inzwischen viel geratscht und getratscht über Fiona Cucumber. Anfangs weigerte sich der *Gurkenheimer Anzeiger* noch, die anonymen Gerüchte und Anschuldigungen abzudrucken. „Ein Schreiben, welches keinen Schreiber hat, der auch dazu steht, das gibt es für mich nicht und wird auch nicht abgedruckt", war die Devise von Chefredakteur Pablo Pepino. Und genau das war auch seine Antwort, wenn er gefragt wurde, warum gar nichts von den Anschuldigungen gegen die Gurkenkönigin und ihren Verfehlungen im *Gurkenheimer Anzeiger* zu lesen sei, obwohl das ganze Land schon darüber reden würde. Nun streute Zapotak ein neues Gerücht. Denn auch Pablo Pepino war nicht hier geboren. Seine Eltern stammten aus einem sehr weit entfernten Land im Süden. Auch er hatte nicht die klassische Gurkennase wie sie im Gurkenland verbreitet war und er hatte eine weniger grünliche Haut, eher einen leichten Hauch von olivgrün. Das war für viele Gurkenmenschlein der eindeutige Beweis: Die „Halbgurken" hielten zusammen. Die „Machenschaften" der Gurkenkönigin würden deswegen vom *Gurkenheimer Anzeiger* gedeckt. Das konnte Pablo Pepino nicht auf sich sitzen lassen. Schließlich veröffentlichte er doch Artikel in denen die Anschuldigungen und angeblichen Verfehlungen zum Thema gemacht wurden. Zwar versah er sie mit Fragezeichen und gab auch Fiona Cucumber die Möglichkeit sich zu äußern. Aber für immer mehr Gurkenländer wurde es nun klar: Wenn es jetzt auch noch in der Zeitung stand, dann musste schon etwas an den Gerüchten stimmen.

Zapotak wusste, dass jetzt die zweite Phase der bösen Rufschädigungskampagne kommen musste. Er hatte schon länger heimlich Gurken aufgekauft. Zu diesem Zwecke verkleidete er sich als Gurkenhändler aus einem fernen Land. Er zahlte absolut überhöhte Preise. Da konnte kein Gurkenbauer Nein sagen. Das perfide daran aber war: Er kaufte nur bei den Bauern, die „Halbgurken" waren. Am Anfang fiel das gar nicht auf. Aber mit der Zeit sah man die Unterschiede. Die Baumhäuser, aber auch die Kähne der „Halbgurken" wurden immer größer und luxuriöser. Der Unterschied wurde immer sichtbarer und die Alteingesessenen immer neidischer und wütender auf die „Halbgurken".

Zapotak als Gurkenhändler

Die Stimmung kippte langsam und das bekam auch Fiona Cucumber zu spüren. Immer öfter hörte sie nun Kritik und wenn sie zum Einkaufen auf den Gurkenmarkt ging oder zum Essen in ein Dorfgasthaus, wurde sie in letzter Zeit oft gemein und böse angeredet. Manchmal wurde nur hinter ihrem Rücken leise, aber dennoch für sie hörbar gelästert. „Da kommt ja die Halbgurkenkönigin", war da eher harmlos. Mit der Zeit trauten sich immer mehr Gurkenmenschlein offen ihrer Königin ins Gesicht zu sagen: „Du Halbgurke! Verschwinde mit deinem Pack aus unserem schönen Gurkenland! Wir brauchen endlich wieder einen Gurkenkönig, der für uns echte Gurkenländer etwas tut!"

Als dann noch die große Gurkenseuche über das Land kam und große Teile der Ernte kaputt gingen, war der Plan von Zapotak aufgegangen. Natürlich steckte er hinter dieser Plage. Denn er hatte mit einem Zauber den berüchtigten *Westlichen Gurkenkäfer* auf die Gurkenfelder gezaubert. Ein Käfer, der hier im Gurkenland eigentlich nicht vorkam, aber aus dem Land stammt, aus dem die Eltern von Fiona Cucumber kamen. Der Käfer war ausschließlich auf den Feldern der alteingesessenen Gurkenländer zu finden und zerstörte deren gesamte Ernte. Alles zerfressen! Und der Rest verfaulte auf den Feldern. Keine einzige verwertbare Gurke blieb ihnen übrig. Aber auf den Feldern der zugezogenen Gurkenländer war alles in Ordnung. Das konnte kein Zufall sein, dachten die Gurkenländer und der Unmut über die „Halbgurken" wurde größer und größer und schlug immer mehr in regelrechten Hass um.

Zapotak kaufte weiterhin bei den „Halbgurken" unter falschen Namen alle Gurken auf, wieder zu so irrsinnig hohen Preisen, dass niemand Nein sagen konnte.

Nun gab es etwas, das es im Gurkenland seit vielen Generationen nicht mehr gegeben hatte: Ungleichheit, Armut und Hunger! Das ganze System und der Wohlstand im Gurkenland gründeten auf den Gurken. Aber sehr viele Gurkenmenschlein hatten nun nichts mehr zu essen. Nur die „Halbgurken" wurden immer reicher. Jetzt kochte die Volksseele! Und wie! Es gab Demonstrationen und Drohungen gegen die „Halbgurken". Vereinzelt kam es auch zu Angriffen auf ihre Häuser und Kähne. Und wer auf der Straße als „Halbgurke" erkannt wurde, musste Angst haben, sogar körperlich angegriffen zu werden.

Dann holte Zapotak zum großen Schlag gegen Fiona Cucumber aus. Es waren nur noch drei Tage bis zur Wahl ...

Kapitel 5: Keine Gurke für die Königin

„Extrablatt, Extrablatt!", schrien die Zeitungsverkäufer durch die Gassen der Dörfer. *„Fiona Cucumber und die Gurkenmafia! Gurkenkönigin wird beschuldigt, hinter der Gurkenseuche zu stecken!"*, so war es auf dem Titelblatt des *Gurkenheimer Anzeigers* zu lesen. Zapotak hatte der Zeitung gut gefälschte angebliche Beweise zukommen lassen. Da half ihm natürlich seine Zauberkunst. Fionas Vater sei in seiner alten Heimat früher Gurkenhändler gewesen, habe aber das Land verlassen müssen. Ihm sei Betrug und Verrat vorgeworfen worden. Als seine Machenschaften aufgedeckt wurden, sei er mit der Familie vor einer drohenden Verhaftung geflohen und ließ sich schließlich im Gurkenland nieder. Es wurde in dem Zeitungsartikel weiter behauptet, dass die Familie Cucumber Teil der internationalen Gurkenmafia sei. Diese bestehe zumeist aus Halbgurken und ein paar nützlichen einheimischen Idioten. Fiona wisse alles und würde die Gurkenmafia heimlich unterstützen. Zapotak war sich sicher: „Das hat gesessen! Jetzt habe ich sie!"

Der Artikel wurde vom neuen Chefredakteur persönlich veröffentlicht. Sein Name: Jono Gurkerich, der stellvertretende Parteivorsitzende der Partei DAS IST UNSER GURKENLAND (DIUGL). Der bisherige Chefredakteur Pablo Pepino war schon vor ein paar Tagen entlassen worden, ebenso alle Journalisten und Mitarbeiter, die nicht im Gurkenland geboren waren oder deren Vorfahren nicht aus dem Gurkenland stammten. Der neue Besitzer der Zeitung hatte dies veranlasst. Der neue Besitzer war natürlich Zapotak. Über einen Strohmann, den Schatzmeister der DIUGL Tolo Salatgurke, hatte er vor drei Tagen die Zeitung gekauft. Das hatte Zapotak zwar eine ganze Stange Geld gekostet, aber er wusste, diese Investition würde sich lohnen. Der bisherige Eigentümer Galon Gurkenwasser wollte sich zunächst nicht von seiner Zeitung trennen, denn er stammte aus einer alten Zeitungsverlegerfamilie und der *Gurkenheimer Anzeiger* wurde von seinem Ur-Urgroßvater Frido Gurkenwasser gegründet. Niemals wäre ein Mitglied der Familie Gurkenwasser auf die Idee gekommen, zu verkaufen. Das verbot schon die Familienehre der alten Verlegerfamilie. Sie wollten nie das große Geld verdienen, sondern immer eine Zeitung herausgeben, welche der Wahrheit und dem Guten verpflichtet ist. Zum Wohle der Demokratie und der Bevölkerung im Gurkenland. Zapotak konnte aber stur sein und ließ nicht locker. Immer wieder suchte er den Verleger auf und erhöhte bei jedem Besuch den gebotenen Kaufpreis. Irgendwann verschwanden Gurkenwassers Bedenken. Denn die Summe, die ihm schließlich für seine Zeitung geboten wurde, war so unvorstellbar hoch. Da konnte er einfach nicht mehr Nein sagen. Familienehre hin oder her ...

Die verbliebenen Journalisten teilten sich in zwei Gruppen auf: Einige fanden es gut, dass die „Halbgurken" nun draußen waren. Denn jetzt hatten sie bessere Karrierechancen und verdienten mehr. Zapotak hatte sofort ihre Gehälter verdoppelt. Auch die der restlichen Belegschaft, der Drucker und all der anderen. Er sprach zu ihnen bei der kurz nach dem Verkauf einberufenen Betriebsversammlung: „Guter Journalismus muss auch gut bezahlt werden!" Er schmeichelte ihnen: „Und Sie machen gute Arbeit!" Den anderen, welche es aber wagten, den Rauswurf und die neue Linie der Zeitung zu hinterfragen oder gar zu kritisieren, wurde schnell deutlich gemacht, dass es keinen Platz mehr in der Redaktion für sie gab. Er brauchte nur an zwei Redakteuren ein Exempel zu statuieren. Diese hatten bei der Betriebsversammlung kritische Fragen gestellt. Er entließ sie noch in der selbigen Minute und kanzelte sie vor der gesamten Belegschaft herab. „Der Gurkenheimer Anzeiger ist eine Zeitung für das Gurkenländische Volk und nicht für Halbgurken und ihre Freunde. Verräter haben bei unser Zeitung nichts zu suchen!" Die Belegschaft war so eingeschüchtert, dass niemand mehr wagte, Fragen zu stellen. „Warum sollten wir unseren guten Arbeitsplatz für diese Halbgurken gefährden?", dachten sie und komischerweise kam niemandem in den Sinn, dass Zapotak selbst ja gar nicht aus dem Gurkenland stammte. Er war ja noch nicht mal eine „Halbgurke". Aber das Gurkenvölkchen war schon viel zu aufgehetzt und verblendet um sich solche Fragen zu stellen.

Als Fiona Cucumber die Zeitung las, wusste sie, dass sie nun keine Chance mehr hatte, die Wahl zu gewinnen. Denn so gut wie jeder im Land las den

Gurkenheimer Anzeiger. Es gab ja auch nur diese eine Zeitung. Oleg von der Gurke war es ein bisschen peinlich und es bedrückte ihn auch, wie mit Fiona Cucumber umgegangen wurde. Er kannte sie seit seiner Kindheit. Er war mit ihr auf die Schule gegangen und er hatte ihr als junger Mann den Hof gemacht. Sie mochte ihn immer sehr gerne, aber verliebt war sie nicht in ihn. So wurden sie auch nie ein Paar und irgendwann kam er dann mit seiner Lobinie zusammen. Für Lobinie war er der große Held und sie war bis zum heutigen Tag unsterblich verliebt in ihren Oleg. Auch Oleg mochte seine Lobinie sehr, aber verliebt mit Schmetterlingen im Bauch und so, war er nicht unbedingt. Ihre absolute Liebe zu ihm jedoch schmeichelte ihm und sie kam zudem aus einer angesehenen und für gurkenländische Verhältnisse sehr wohlhabenden Familie. Das reichte ihm. Aber eigentlich war er immer noch in Fiona verliebt. Sie war seine einzige und wirkliche, aber leider unerfüllte Liebe. Das schmerzte ihn noch immer.

Er wusste, dass Fiona das ehrlichste Wesen war, welches man sich vorstellen konnte. Er wusste, dass alle Vorwürfe gegen Fiona erlogen und erstunken waren und Fionas Familie absolut untadelig war. Die Eltern waren zwar tatsächlich mit ihr aus ihrem Heimatland geflohen, als Fiona ein kleines Mädchen war. Aber nicht weil ihr Vater ein Betrüger oder dergleichen war. Es war die Zeit, als die Menschen die Gurkenmenschlein aus ihrem Land vertrieben hatten. Die Gurkenmenschlein und die Menschen hatten viele Jahrhunderte lang gut und friedlich zusammen gelebt. Manchmal hatten Menschen und Gurkenmenschlein auch untereinander geheiratet und Kinder bekommen. Über die Generationen hat sich dadurch auch ein wenig das Aussehen dieser Gurkenländer verändert. Die Nasen waren zwar immer noch gurkenförmig gewesen und ihre Hautfarbe hatte auch einen gewissen Grünstich gehabt, aber sie hatten schon eher wie die Menschen ausgesehen. Und trotzdem waren sie für viele Menschen doch nur Gurkenmenschlein gewesen. Irgendwann waren die Menschen neidisch auf die Gurkenmenschlein geworden und wurden ihnen gegenüber intolerant, gerade wenn diese in ihren Berufen oder geschäftlich erfolgreicher waren als sie selbst. Viele Menschen suchten Sündenböcke für alles, was bei ihnen selbst schief lief. Und da waren diese komischen Gurkenmenschlein mit ihren sonderbaren Nasen genau die Richtigen.

Diese Gurkenmenschlein suchten nun Zuflucht und Schutz und ein Land, in dem sie mit ihrer Gurkennase nicht so auffielen. Da ihre Vorfahren vor sehr langer Zeit aus dem Gurkenland stammten, wollten sie sich dort wieder etwas aufbauen. Dass Zapotak jetzt diese gemeinen Lügen über Fionas Familie verbreitete, war niederträchtig und böse. Das wusste auch Oleg von der Gurke.

Das war also die „geniale Wahlkampfkampagne", welche Zapotak angekündigt hatte. Fiona und ihre Familie taten ihm tatsächlich leid. Anderseits kam auch ein bisschen Hass in ihm auf. „Selbst schuld", dachte er. „Wir hätten gemeinsam so ein schönes Leben haben können. Das hat sie sich selbst eingebrockt", sagte er sehr leise und verbittert zu sich selbst, als er nach dem Abendessen in seinem Baumhaus den Artikel im Extrablatt des *Gurkenheimer Anzeigers* fertig gelesen hatte. Er nahm jetzt seine Lobinie in den Arm und gab ihr einen dicken Kuss auf dem Mund. Diese himmelte ihn mit den Worten an: „Du bist der wahre Gurkenkönig! Du wirst es!" und stupste ihm dabei liebevoll auf die Nase.

Nur noch ein Tag bis zur Wahl. Zapotak hatte noch den entscheidenden, letzten Trumpf im Ärmel.

Er hatte ja alle Gurken aufgekauft und es gab im ganzen Gurkenland keine einzige Gurke mehr zu kaufen. Er hatte alle einlagern lassen, genau für diesen Tag.

Oleg von der Gurke und Lobinie

Bei der Abschlussveranstaltung am Tag vor der Wahl ließ er Oleg von der Gurke die von ihm aufgekauften Gurken an die Bevölkerung verteilen, kostenlos selbstverständlich. Am Morgen war es in der Zeitung gestanden: „*Während die Halbgurkenkönigin ihr Volk in Stich lässt, handelt Oleg von der Gurke! Heute von 10.00 Uhr bis 14.00 Uhr verteilt er am Marktplatz von Gurkenheim kostenlos Gurken an alle!*" Es stand in der Zeitung, dass Oleg von der Gurke im Gegensatz zu Fiona Cucumber ein „Macher" sei. Er habe es durch seine guten Kontakte und unter Einsatz seines eigenen Vermögens geschafft, Gurken aus dem Ausland zu beschaffen. Die Gurkenmenschlein kamen in Massen auf den Marktplatz und holten sich ihre Gurken ab. „Danke, danke, lieber Oleg! Meine Stimme hast du!", hörte er nicht nur einmal.

Etwas entfernt stand Fiona ziemlich alleine an ihrem Wahlkampfstand auf dem Marktplatz. Nur drei ihrer treusten Unterstützer waren heute noch dabei. Viele Freunde hatte sie nicht mehr. Sie war in den letzten Wochen sehr einsam geworden. Eine Träne rann ihr die Wange hinab. Zapotaks Kampagne wirkte.

Und wenn jemand vorbeikam, war es eher die Regel und nicht die Ausnahme, dass er nach ihr eine verfaulte Gurke warf und sie mit Worten wie: „Fiona! Du widerliche Halbgurke! Ab morgen bist du weg!", beschimpfte.

Fiona weint

Kapitel 6: Der Triumph des Gurkenkönigs

Und so kam es dann auch: Nach Auszählung aller Stimmen lag am Wahlabend bereits zwei Stunden nach der Schließung der Wahllokale das Endergebnis vor: 80,01% für Oleg von der Gurke und nur 19,99 % für Fiona Cucumber. Das war mehr als eindeutig! Ein Desaster für die abgewählte Gurkenkönigin und ein absoluter Triumph für Oleg von der Gurke. So lautete auch die Schlagzeile im *Gurkenheimer Anzeiger* am nächsten Tag: *„Triumphaler Sieg für Oleg von der Gurke! Desaster für die Halbgurke Fiona Cucumber!"* Zapotak war überglücklich. Er hatte gewusst, dass er einen guten Plan hatte, aber dass es so deutlich werden würde, hatte er in seinen kühnsten Träumen nicht erwartet. „Die Gurkenländer sind so naiv und dumm", dachte er und lächelte glückselig.

Auch Oleg von der Gurke war an diesem Abend unendlich glücklich. „Jetzt bin ich der Gurkenkönig!", rief er seinen zahlreichen Anhängern, die sich unter seinem Baumhaus versammelt hatten, zu. Seine Lobinie umarmte ihn und küsste ihn überschwänglich auf die Wange. Sie war so stolz auf ihn. Und Zapotak dachte sich nur: „So ein Dummkopf! Der wahre Gurkenkönig bin ich, du Narr!"

Zapotak hatte für Oleg von der Gurke eine Rede vorbereitet. Diese las der gerne ab, denn so richtig wusste er gar nicht, was er seinem Gurkenvolk nun sagen sollte. Seit dem Abend, an dem er auf Zapotak getroffen war, war es sein Ziel und sein Wunsch, Gurkenkönig zu werden. Aber jetzt, da er sein Ziel erreicht hatte, wusste er tatsächlich nicht, was er mit dem Amt anfangen sollte. Selbstzweifel kamen in ihm auf, ob er dem Ganzen überhaupt gewachsen sei, aber als Lobinie ihn erneut anhimmelte, waren diese schnell verflogen.

Er begann nun Wort für Wort die von Zapotak vorbereitete Rede vorzulesen: „Liebes Volk des Gurkenlandes! Mit dem heutigen Tag bricht ein neues Zeitalter für unser Land an. Wir haben uns unser Land zurückerkämpft. Die Halbgurken wollten uns beherrschen und unser Land stehlen. Die Gurkenmafia, bestehend aus ausländischen Halbgurken und nützlichen einheimischen Idioten, wurde heute bei dieser Wahl besiegt. Aber das ist nur eine Schlacht gewesen, die wir heute gemeinsam gewonnen haben. Der wirkliche Krieg ist noch im Gange! Die Halbgurken geben nicht auf, sie werden alles tun, um unser Land zu beherrschen und unser Volk zu unterdrücken. Wir müssen weiterkämpfen und unser Gurkenland mit allen Mitteln verteidigen!" Er stockte nun beim Vorlesen, denn er wunderte sich, was er da gerade für einen Unsinn von sich gab.

Aber als Zapotak ihn vorwurfsvoll ansah und leise zischelte: „Nun lies schon weiter", fuhr Oleg fort: „Unser Land ist bedroht und in diesen außergewöhnlichen Zeiten braucht es außergewöhnliche Maßnahmen! Die Halbgurken haben unser Hab und Gut geklaut, unsere Ernte vernichtet und wollen uns unterdrücken. Das dürfen wir uns nicht gefallen lassen. Als euer Gurkenkönig werde ich alles Notwendige tun, um unser Volk und das Gurkenland zu schützen. Wollt ihr mir helfen, alles zu tun, um unser Land zu verteidigen?", rief er nun der Menge zu.
Diese war außer Rand und Band. „Ja, Gurkenkönig, wir werden die Halbgurken besiegen! Wir helfen dir!" Und als Oleg von der Gurke merkte, dass die Gurkenmenschlein bedingungslos hinter ihm standen und

ihm zujubelten, hatte er keine Gewissensbisse mehr, den weiteren Text der Rede vorzulesen:

„Kraft meines Amtes als Gurkenkönig beschließe ich Folgendes:

1. Das gesamte Eigentum der Halbgurken wird eingezogen.

2. Alle Halbgurken müssen unbezahlt auf den Höfen der echten Gurkenländer arbeiten, um ihre Schuld abzuarbeiten.

3. Zum Schutz unseres Vaterlandes vor in- und ausländischen Feinden wird das Ministerium für Gefahrenabwehr (MfG) gegründet.

4. Zum Minister des MfG wird Graf von und zu Zapotak ernannt. Er bekommt alle Vollmachten, die er braucht um unser Land zu schützen."

Gleich am nächsten Morgen trat Zapotak sein neues Amt an. Und er griff sofort hart durch. Er war kurz davor, sein Ziel zu erreichen. Jetzt musste er Nägel mit Köpfen machen. Als erstes verhaftete er Fiona Cucumber und deren Familie. *„Die Köpfe der Gurkenmafia sind festgesetzt!"*, titelte der *Gurkenheimer Anzeiger*. Zapotak ließ extra ein großes Gebäude umbauen, eine Gurkenkonservenfabrik wurde zum Gefängnis umfunktioniert. „Da gibt es noch viel Platz, hähähä", dachte er sich und lachte böse auf, als er hinter Fiona persönlich die Zellentür zuschloss. Und es wurden innerhalb weniger Tage tatsächlich viele Verhaftete: zuerst die wenigen politischen Mitstreiter, die Fiona noch hatte. Dann die „Halbgurken", die sich weigerten, ihre Höfe und ihr Eigentum herzugeben. Und schließlich auch diejenigen Gurkenländer, die offen kritisierten, was hier passierte. Ein Gurkenmenschlein namens Rudo Rübe zum Beispiel war abends noch in der Dorfschänke verhaftet worden. Nach dem dritten Glas Gurkenwein löste sich seine Zunge. „Was ist nur aus unserem Land geworden? Seit dieser Zapotak da ist, gibt es nur noch Neid, Missgunst und Hass. So viele sind schon im Gefängnis. Früher war unser Gefängnis ein kleines Baumhäuschen, das reichte für die zwei oder drei Ganoven, die es bei uns gab. Nun braucht es schon eine ganze Konservenfabrik um alle Verhafteten einzusperren."

„Pst, Pst!", machten jene Gäste in der Dorfschänke, die es gut mit ihm meinten.

Doch zu spät: Zapotak war schon da! Es war wie verhext. Als könne er überall gleichzeitig sein und das Volk überwachen. Und so war es auch, er konnte ja zaubern und hatte einen Überwachungszauber über das Land gelegt. Sobald jemand wagte, etwas Kritisches gegen Oleg von der Gurke, Zapotak oder gegen die DIUGL zu sagen, oder sich für die Halbgurken einsetzte, war er da. Er brauchte dank seiner Zauberkräfte auch keine Polizistinnen und Polizisten, die ihn unterstützen. Er kümmerte sich immer selbst und verhaftete auch alle persönlich. Immer mehr Angst und Misstrauen herrschten nun ihm ganzen Land und so viele mussten ins Gefängnis und wurden zum Arbeiten auf den Gurkenfeldern gezwungen.

Kapitel 7: Der Gurkennarr und das Symptom

Je mehr Freunde und Bekannte von Oleg von der Gurke ebenfalls verhaftet wurden, umso bewusster wurde ihm, dass er rein gar nichts gegen Zapotak ausrichten konnte. Auch wenn er sich darüber zunächst nicht besonders viele Gedanken machte. Zu schön war es, gemeinsam mit seiner Lobinie das Land zu regieren. Er winkte dem Volk vom Baumhaus herunter zu oder ließ sich bei der Kahnfahrt huldigen. Beim Einkauf auf dem Gurkenmarkt wurde er von allen freundlich gegrüßt und jeder mochte ihn. Er eröffnete das Gurkenfest und tanzte den Eröffnungstanz mit der Gurkenweinkönigin auf dem Gurkenweinfest. Und seine Lobinie war so stolz auf ihren Oleg. Sie himmelte ihn jetzt noch mehr an: Er war so ein Held! Er war ihr Gurkenkönig und sie seine Gurkenkönigin!

Die Gurkenweinkönigin

Wie er dieses Gefühl genoss! Er war Zapotak sehr dankbar. Denn dieser hatte ihm schließlich geholfen, Gurkenkönig zu werden. Ohne ihn wäre er nichts und niemand. Und er hatte ihm seine ehemaligen Mitstreiter und Parteifreunde von der DIUGL vom Hals gehalten. Schon ein paar Wochen nach der Wahl ist das passiert:

Natürlich wollten der Vorsitzende Axo Salzgurke, dessen Stellvertreter Jono Gurkerich und Schatzmeister Tolo Salatgurke nun auch etwas vom großen Gurkenkuchen abbekommen. Jetzt war die Zeit der Ernte angesagt: Macht, Geld und Gurken! Das stand ihnen aus ihrer Sicht absolut zu, denn sie hatten doch Oleg von der Gurke groß gemacht, oder? Und was wollte da dieser komische Zapotak? Auch er ein Ausländer, aber spielte sich auf, als wäre er der Gurkenkönig.

Ihre Forderung war: Oleg von der Gurke solle ihnen und sich die enteigneten Höfe der Halbgurken zukommen lassen. Natürlich nicht alle Höfe, damit es nicht auffiel. Ein paar könnten schon an ärmere Gurkenbauern verteilt werden. Aber so viele, dass sie selbst die größten Gurkenbauern im ganzen Land werden würden. Und das Monopol auf den Gurkenhandel wollten sie, damit sie an jeder Gurke mitverdienen könnten. Auch Oleg von der Gurke würde dadurch richtig reich werden. Doch dieser war zwar naiv und selbstverliebt, jedoch nicht korrupt oder geldversessen. Er hatte mit allen Mitteln Gurkenkönig werden wollen, ja, das stimmt! Aber doch nicht um sich zu bereichern. Gurkentaler waren ihm nicht so wichtig. Er wollte doch nur vom Volk geliebt und von seiner Lobinie angehimmelt werden und ja, da war noch etwas: Er wollte es Fiona zeigen! Und er hatte es ihr gezeigt! Das war seine Rache dafür, dass sie ihn damals verschmäht hatte.

Als er seinen drei Parteifreunden mit Empörung mitteilte, dass er dieses gemeine und unehrliche Spiel nicht mitspielen würde, drohten sie ihm. Sie würden alles an die Öffentlichkeit bringen. Die ganze Wahlkampagne von Oleg von der Gurke, die nur auf Lug und Trug aufgebaut war und all die Machenschaften seines Ministers. Und dann wäre es aus mit seiner Regentschaft als Gurkenkönig. Er wäre wieder ein ganz normaler Gurkenbauer. Ob ihn dann wohl seine Lobinie immer noch so schön anhimmeln würde? Axo Salzgurke grinste hämisch. Tolo Salatgurke grinste ebenfalls und es entkam ihm ein gemeines „Genau! Nichts ist es dann mehr mit dem Volk vom Baumhaus Zuwinken!"
Jono Gurkerich gab noch eins drauf. „Und das Gurkenweinfest wirst du auch nie wieder eröffnen! Hast du tatsächlich geglaubt", prustete er nun vor Lachen, „wir haben dich unterstützt, weil wir geglaubt haben,

du wärst ein guter Gurkenkönig?" Er belächelte ihn: „Du bist schon selten dumm, Oleg!"

Das war zu viel für Oleg von der Gurke. Das würde er nicht zulassen. Er würde sich doch von diesen grobschlächtigen Gurkenbauern nicht so behandeln lassen. Er, der doch aus einem alten und traditionsreichen Gurkenheimer Adelsgeschlecht stammte.

Und plötzlich war wie aus dem Nichts nun auch Zapotak da. Als ob er die ganze Zeit schon zugehört hätte. Und das hatte er auch tatsächlich. Denn mit seinem Überwachungszauber war es ihm möglich, immer und überall im Land präsent zu sein. Ihm entging nichts. Er konnte sofort auftauchen und handeln, wenn es notwendig war.

„Eure königliche Hoheit", machte er einen unterwürfigen Diener, „hier tut sich ein Abgrund von Landesverrat auf. Ich habe die Herren schon länger im Visier. Ich habe herausgefunden, dass sie Eure Majestät vom Thron stürzen wollen. Axo Salzgurke hat bereits einen ausgeklügelten Plan, er hat alles aufgeschrieben." Er reichte ihm eine Pergamentrolle, auf der ein Plan in der Handschrift von Axo Salzgurke skizziert war. Unterschrieben war er sowohl von diesem, als auch den anderen zwei Verschwörern.

„Habe ich wieder gut hinbekommen, diesen angeblichen Beweis, hähähä", dachte Zapotak.

Axo Salzgurke und die anderen waren perplex: „Aber, das, das stimmt, stimmt nicht! Das ..., das ... ist gefälscht!", stammelte Axo Salzgurke.

Zapotak reagierte darauf gar nicht und erklärte nun ganz kühl: „Kraft meiner Befugnisse als Minister des Ministeriums für Gefahrenabwehr verhafte ich Axo Salzgurke, Jono Gurkerich und Tolo Salatgurke wegen Landesverrats. Das gesamte Vermögen dieser Landesverräter wird eingezogen und dem Staate übergeben. Zum Schutz unseres Vaterlandes wird außerdem die Partei DAS IST UNSER GURKENLAND mit sofortiger Wirkung verboten."

„Aber Zapotak, muss das sein? Es ist doch unsere Partei?", fragte Oleg von der Gurke.

„Ja, mein Gurkenkönig, vertrau mir. Ich schütze damit nur unser schönes Gurkenland und deinen Thron. Zum Schutz unseres Landes vor in- und ausländischen Feinden muss ich so handeln. Deswegen hast du mich ja zum Minister ernannt. Mit allen Vollmachten, die es braucht, um unser Land zu schützen." Wie von Zauberhand waren nun die drei verhafteten Verräter gefesselt und wurden von Zapotak selbst abgeführt. Langsam aber sicher bekam Oleg von der Gurke Angst vor Zapotak. Auf was hatte er sich da nur eingelassen?

Zapotak präsentiert den angeblichen Plan

Anderseits, dachte er, es stimme ja, das Land war in Gefahr und nur Zapotak konnte den inneren und äußeren Feind besiegen.

Am nächsten Tag titelte der *Gurkenheimer Anzeiger:* *„Komplott gegen unseren Gurkenkönig aufgedeckt! Minister Zapotak rettet Oleg von der Gurke vor Verschwörerbande! Alle Parteien ab sofort verboten!"* In dem Artikel wurde dann noch darüber berichtet, dass Axo Salzgurke nicht nur den Gurkenkönig stürzen und sich selbst auf den Thron setzen wollte, nein, er und seine zwei Mitverschwörer seien ebenfalls Mitglieder der Gurkenmafia. Ihr Plan sei von Anfang an gewesen, erst sich Fiona Cucumber zu entledigen und dann Oleg von der Gurke zu stürzen, um endlich das Land zu übernehmen und auszubeuten. Deswegen hätten sie auch die Partei DIUGL gegründet. Dank Zapotak sei aber die Sache aufgeflogen.

Oleg von der Gurke war einerseits Zapotak sehr dankbar, da er tatsächlich glaubte, dass er ihn vor einem Komplott geschützt habe. Anderseits wurde dieser ihm auch immer unheimlicher. Irgendwas stimmte nicht mit ihm. Als ob er Zauberkräfte oder etwas in der Art hätte. Das Gefängnis war schon wieder erweitert worden. Nun war es doppelt so groß wie zuvor und das in nur wenigen Tagen. Aber er wusste nicht, wie das geschehen konnte. Er sah immer nur Zapotak und sonst niemanden auf der Baustelle. Dieser hatte auch keine Polizei oder Beamte, die ihn unterstützten. Alles machte er selbst und war immer vor Ort. Wie ging das? Und obwohl er nur alleine war, kuschten alle vor ihm. Er verhaftete gleichzeitig zehn Gurkenmenschlein. Eigentlich hätte Zapotak keine Chance gegen diese Übermacht. Aber sie gehorchten ihm, als ob sie hypnotisiert wären. Sie gingen sogar freiwillig mit ins Gefängnis. Gab es da ein Geheimnis?

Von Woche zu Woche veränderte sich die Stimmung in seinem Land. Fast die Hälfte aller Bewohner war nun schon im Gefängnis. Tagsüber mussten sie auf den Gurkenfeldern zwangsweise arbeiten. Aber auch für diejenigen, welche nicht im Gefängnis waren, wurde es immer schwerer. Alle Gasthäuser und alle öffentlichen Einrichtungen wurden nun geschlossen. Im Prinzip war nur noch Arbeiten, Essen und Schlafen erlaubt. Denn Zapotak erließ eine Verordnung namens Verordnung zum Schutz der Ordnung und der Sicherheit im Gurkenland (VSOSG). Im *Gurkenheimer Anzeiger* wurde der Grund erklärt: Es gäbe immer noch unentdeckte Mitglieder der Gurkenmafia und gefährliche Verschwörer, die den Gurkenkönig stürzen und ermorden lassen wollten. Diese würde im Geheimen agieren und auf den richtigen Zeitpunkt warten. Dahinter stehe das „Symptom", dieses wäre bisher unentdeckt geblieben und es sei nur wenig über das „Symptom" bekannt. Aber eines sei klar: *„Das „Symptom" ist ein böses und enorm gefährliches Wesen, halb Monster, halb Halbgurke, welches aus dem Ausland kommt und die Verschwörerbande steuert."* Sein Ziel sei es als König der „Halbgurken" das Land zu beherrschen. Das Volk der Gurkenländer solle geknechtet und versklavt werden. Die „Halbgurken" würden dann mit Hilfe ihres „Halbgurkenkönigs" die ganze Macht übernehmen und sich furchtbar am Volk der Gurkenländer rächen – eine große Gefahr für die Demokratie und das ganze Land. Es brauche jetzt außergewöhnliche und härteste Maßnahmen zum Schutz des Gurkenlandes. Deswegen dürften sich die Gurkenländer für eine gewisse Zeit nicht mehr treffen, weder in Gasthäusern noch zuhause. Zumindest bis diese große Gefahr vorüber sei. Selbst eine Ansammlung von mehr als zwei Gurkenmenschlein war nun verboten. Sonst könnten die Verschwörer sich ja zusammenrotten und ihre gemeinen Pläne umsetzen. Der Minister für Gefahrenabwehr Graf von und zu

Zapotak wurde in der Zeitung so zitiert: *„Wir alle müssen nun Opfer bringen. Aber es geht jetzt um mehr als um das tägliche Vergnügen. Es geht um alles! Es geht um Leben und Tod! Die Zukunft unseres Gurkenlandes steht auf dem Spiel!"* Die Gurkenländer wurden auch aufgefordert, Verdächtige zu melden. Egal, ob dies Nachbarn oder sogar engste Verwandte seien. Die klare Aussage von Minister Zapotak war: *„Gerade diejenigen, welchen wir es am wenigsten zutrauen, sind oft die schlimmsten Übeltäter. Die Verschwörer sind Meister in Täuschung und Tarnung!"*

Die Stimmung im Lande wurde von Tag zu Tag immer trostloser und trauriger. Das Leben der Gurkenländer war trist und freudlos und bestand nur noch aus Arbeiten auf den Gurkenfeldern, Schlafen und Essen. Wobei das Essen sehr wenig und karg war. Es gab für jedes Gurkenmenschlein morgens einen Teller Gurkensuppe, mittags einen Teller Gurkensuppe und abends einen Teller Gurkensuppe, nur am Sonntag zusätzlich ein wenig labbrigen Gurkensalat. Alles zubereitet aus sehr minderwertigen Gurken, dem Ausschuss, welchen Zapotak auf dem freien Markt im Ausland nur schlecht oder gar nicht verkaufen konnte. Alles was jedoch im Land produziert wurde und Geld bringen konnte, wurde von Zapotak heimlich ins Ausland verkauft. Die schlechte Versorgungslage mit Lebensmitteln wurde im *Gurkenheimer Anzeiger* mit Sabotage und Verrat erklärt: *„Das Symptom und seine Handlanger stehlen uns alles, verkaufen es ins Ausland und versorgen heimlich die Halbgurken."* Diese würden selbst im Gefängnis noch in Saus und Braus leben, während die echten Gurkenländer nur wenig zum Essen hätten.

Auch wenn nicht mehr sehr viele Gurkenländer an diese Propaganda glaubten und immer mehr inzwischen doch Zapotak für die Lage im Land verantwortlich machten – offen traute sich keiner dagegen aufzubegehren. Es herrschte Angst und Verzweiflung. Aber niemand klagte oder schimpfte anderen gegenüber über die Zustände im Land. Denn keiner traute mehr dem anderen. Alle hatten Angst, dass ein Nachbar oder sogar die eigenen Verwandten sie beim Ministerium für Gefahrenabwehr (MfG) anzeigen würden und auch sie ins Gefängnis müssten.

Und auch Zapotaks Verhalten gegenüber Oleg von der Gurke veränderte sich langsam, aber stetig. War er zu Beginn noch äußerst freundlich und zuvorkommend, ja schon fast schleimig und untertänig, so wurde es nun immer offensichtlicher: Er zeigte Oleg von der Gurke deutlich, dass dieser nur ein Gurkenkönig von Zapotaks Gnaden war. Zu entscheiden hatte Oleg von der Gurke nichts. Er durfte bisher repräsentieren und lächeln, aber mehr auch nicht. Solange die Gurkenländer ihn huldigten und er zusammen mit seiner Lobinie dem Volk zuwinken konnte, war das für Oleg von der Gurke so in Ordnung. Aber auch er bemerkte nun, dass sich etwas im Land veränderte. Doch er selbst bekam immer bestes Essen und Trinken, alles was er und Lobinie wollten, nur hochwertigste Qualität.

Ehrlich gesagt war Oleg von der Gurke das Wohlergehen seines Volkes nicht so wichtig. Nicht, dass er ihnen etwas Böses wollte, aber es interessierte ihn halt auch nicht besonders. Doch dass da irgendwas nicht stimmte, spürte er nun auch. Und zum Repräsentieren, was ihm und seiner Lobinie ja das schönste Glück war, gab es ja nun durch den Erlass der Verordnung auch keine Gelegenheiten mehr.

Als Oleg von der Gurke schließlich nachfragte, ob das mit der Verordnung jetzt nicht etwas übertrieben sei und ob es die Maßnahmen gegen die Halbgurken und die vielen Verhaftungen wirklich brauche, lachte Zapotak ihn nur aus: „Oleg, du hast keine Ahnung.

Genieße dein Leben als Gurkenkönig und eröffne Gurkenweinfeste und sonst halt einfach deinen Mund!", herrschte er ihn an.

Da platzte Oleg von der Gurke der Kragen: „Zapotak! Ich verbiete dir so mit mir zu sprechen! Ich bin der Gurkenkönig", entrüstete er sich.

„Oleg, du bist eine Gurke, aber bestimmt kein König! Du bist nur ein Gurkennarr", machte dieser sich über ihn lustig.

Oleg war nun außer sich vor Wut: „Zapotak, du wagst es, mich so zu verspotten? Mich, den gewählten Gurkenkönig?"

Aber als er noch etwas sagen wollte, wurde er von Zapotak mit böse funkelnden Augen angefaucht: „Oleg, du Gurkennarr! Deine Zeit ist vorbei! Ich bin jetzt der neue Gurkenkönig!" Zapotak wusste, dass es nun Zeit für den letzten Teil seines Planes war: Die totale Übernahme des Landes! Warum noch warten und sich rumärgern mit diesem Hampelmann? Er brauchte ihn nicht mehr und hatte auch keine Lust mehr, ihm und den anderen Gurkenmenschlein weiter etwas vorzuspielen. Das Schauspielen tat ihm regelrecht weh. Immer musste er gegen seine Natur freundlich sein, zu Oleg mit seiner naiven und selten dämlich grinsenden Lobinie. Oh, wie gingen ihm diese beiden von Anfang an mächtig auf den Geist! Jetzt war endlich der Zeitpunkt gekommen: „Oleg von der Gurke und Lobinie von der Gurke: Ihr seid verhaftet wegen Landesverrats!"

„Aber Zapotak, was soll das?", rief Oleg von der Gurke bestürzt. „Das darfst du doch gar nicht!"

„Doch, das darf ich! Ich habe alle Vollmachten, die es braucht, um unser Land vor in- und ausländischen Feinden zu schützen. Ich bin der Minister für Gefahrenabwehr. Von dir selbst ernannt!", triumphierte er voll Häme.

„Aber der gewählte Gurkenkönig darf doch nicht verhaftet werden!", protestierte Lobinie von der Gurke jetzt energisch.

„Doch, darf er! Denn er und seine Gemahlin sind Landesverräter und eine Gefahr für die Sicherheit und Ordnung im Gurkenland", konterte er und wandte wieder seinen Zauber an, sodass sie augenblicklich gefesselt waren und ihm ohne Gegenwehr ins Gefängnis nachtrotteten.

Was gab das für einen Aufruhr im Land. Der Gurkenkönig war verhaftet worden!

Es kam zu spontanen Demonstrationen vor dem Ministerium für Gefahrenabwehr. Zapotak hatte jetzt keine Lust mehr auf Versteckenspielen. Er trat auf den Balkon, holte seinen Zauberstab heraus und sprach mit kräftiger Stimme folgenden Spruch:

„Zaperi, Zapera, Zaperlot! Das alte System ist tot! Dummes Gurkenpack: Ich bin jetzt euer König Zapotak!

Da braucht ihr jetzt nicht jammern wie kleine Hasen. Hättet lieber besser aufgepasst, dumme Gurkennasen!

Jetzt seid ihr meine Sklaven! Verschiffen werd' ich all die Gurken über meinen Privathafen.

Schuften müsst ihr nur für mich. König Zapotak, so heiße ich!"

Durch das ganze Land ging ein großes Raunen, denn Zapotaks Rede war, als würde sie mit Lautsprecher übertragen, in allen Winkeln des Landes zu hören. Zapotak hatte zuvor noch einen Audiozauber ausgesprochen. Und weiter ging es:

„Niemand kann mehr raus aus dem Gurkenland und niemand rein. Ihr werdet es sehen: Nur Zapotak kann immer kommen und gehen!

Demonstration vor dem Ministerium für Gefahrenabwehr

Außerhalb des Landes werden zwar eure Gurken gegessen, aber es dauert nicht lange, dann seid ihr vergessen!
Schon bald kennt man nicht mehr das Land der Gurken, sondern nur noch den bösen, bösen Wald, beherrscht vom Symptom, diesem Schurken!"

Er hatte seinen Zauber gut vorbereitet, wochenlang hatte er hierfür geübt und alte Zauberbücher studiert, damit nur ja nichts schief ging. Keiner konnte aus dem Gurkenland nun mehr raus und keiner mehr rein, nur noch Zapotak! Und das Gedächtnis der Lebewesen außerhalb des Gurkenlandes hatte er auch verzaubert. Es dauerte nicht lange und niemand wusste mehr so richtig was es mit dem Gurkenland auf sich hatte.

Sein perfekter Plan wurde nur dadurch gestört, dass ein altes Gurkenweiblein kurz bevor er seinen Zauberspruch vollenden konnte, noch gerufen hatte: „Zapotak, du gemeiner Tyrann, denke daran. Der Tag wird kommen und die alte Prophezeiung wird wahr werden!" Und sie konnte sie noch auswendig, denn schon ihr Großvater Lindo hatte diese als Kind gehört und ihr davon erzählt. Auch in ihrer Kindheit wurde diese noch in der Schule gelehrt. Irgendwann war die

Prophezeiung aber dann nicht mehr Schulstoff. Warum sollten die Kinder in der Schule auch solch düsteren Geschichten und Sprüche lernen? In einem Land, in dem doch niemand einem anderen Gurkenmenschlein etwas Böses wollte? Aber die alten Leute konnten die Prophezeiung zumeist noch auswendig aufsagen und viele stimmten nun mit ihr ein: *„Es werden düstere und böse Zeiten auf uns zukommen, das ganze Land verkommen. Das Symptom wird herrschen und uns alle knechten, die Guten wie die Schlechten! Oh weh, wer kann uns retten? Du dumme Nuss! Nur die Netten aus dem Dorfe der Haselnuss. Sagt es ihnen, wenn sie liegen in ihren Betten: Zwei tapfere Eichhörnchenmädel mit buschigem Schädel zusammen mit zwei Gästen aus dem südlichen Westen! Lesen ist Träumen und Träumen ist Freiheit!"*

Jetzt wurde Zapotak aber wütend: „Ihr seid alle verhaftet!", brüllte er mit hochrotem Kopf.

Danach war das Land nicht mehr wieder zu erkennen.

So gerne Zapotak immer auf seinem Thron saß und sich und seinem Pudel Fridolin immer wieder selbst die Geschichte von seinem großartigen Aufstieg und seinem perfekten Plan erzählte, die Prophezeiung und vor allem deren letzter Satz *„Lesen ist Träumen und Träumen ist Freiheit!"* sorgte immer wieder für ein unbehagliches Gefühl bei ihm. Aber jeweils nur kurz. Er schenkte sich ein letztes Glas Gurkenwein ein und kraulte seinen Pudel Fridolin. Er lächelte ihn an: „Keine Angst Fridolin. Die Prophezeiung wird nicht wahr werden. Alles nur Humbug und Aberglauben."

Kapitel 8:   Der Weg in den bösen, bösen Wald

Lona de Misa und Franzi waren jetzt schon einen ganzen Tag zu Fuß unterwegs. Es wurde langsam dunkel. Nur noch wenige hundert Meter bis zur Grenze. Der Grenzfluss war nun schon in Sichtweite, aber bisher keinerlei Spur von Simmy und Monsky. Ob diese schon im Wald waren? Hatten sie es geschafft? Und falls ja, wie? Soweit sie es überblicken konnten, gab es keine einzige Brücke über den Fluss. Schon ein gutes Stück vorher sahen sie immer wieder Warnschilder: „ACHTUNG! SIE VERLASSEN DIE ZIVILISIERTE WELT!" Oder: „WANDERER, WENN DU DEIN LEBEN LIEBST, DANN KEHRE JETZT UM!" stand darauf. Auf einem ganz großem Schild, schon auf der anderen Seite des Flusses, war in blutroter Schrift zu lesen: „DEM SYMPTOM ENTKOMMST DU NICHT!" Darunter waren drei Totenköpfe gemalt. Und die Geräusche aus dem Wald wurden, je näher die beiden kamen, immer unheimlicher: Schmerzensschreie, Jammern und Stöhnen, undefinierbare Tierlaute. Unheimliche düstere Wolken hingen über ihnen und ein tosender Sturm bog die Bäume hin und her. Es war, als seufzte der ganze Wald und Lona de Misa und Franzi hörten ein Klagen und ein leises, aber stetes Wimmern. Jeder andere wäre jetzt umgekehrt. Sie waren schon viel näher am Wald, als sich jeder andere jemals getraut hätte. Ja, auch ihnen war mulmig zu Mute, aber sie

Der Grenzfluss

hatten den Eltern von Simmy und Monsky ein Versprechen gegeben und das würden sie auch halten!

Die beiden beschlossen früh morgens, wenn es wieder hell werden würde, die Grenze zu überqueren. Sie suchten sich eine halbwegs wind- und wettergeschützte Stelle unter einem Baum, breiteten ihre Matten aus und legten die Schlafsäcke darauf. Jetzt gab es eine Brotzeit mit Käse und Nussnudelsalat und dazu ein gutes Nussbier. Der von Gabina Nussbaum selbstgemachte Nudelsalat schmeckte den beiden so lala. Franzi hätte sich lieber eine Salami gewünscht, aber so was gab es ja in Haselnussdorf nicht. Und trotz der beängstigenden Stimmung mussten sie jetzt lachen und prusteten gleichzeitig los: „Nicht gut, nicht schlecht, aber lustig!" Als sie es sich gerade in den Schlafsäcken gemütlich machen wollten, hörten sie eine furchterregende, dröhnende und ohrenbetäubende Stimme über sich:

„Ich bin das Symptom! Fürchtet mich! Ein letzter Rat: Lasst es sein. Wer in den bösen, bösen Wald geht, ist verloren! Hähähähä!"

Lona de Misa und Franzi hatten jetzt tatsächlich Angst und kuschelten sich ganz eng aneinander. Instinktiv holte Lona de Misa nun das Büchlein, welches sie heute Morgen in ihrem Zimmer gefunden hatte und begann laut zu lesen, als ob sie damit das Symptom bekämpfen könnte: *„Es werden düstere und böse Zeiten auf uns zukommen, das ganze Land verkommen. Das Symptom wird herrschen und uns alle knechten, die Guten wie die Schlechten! Oh weh, wer kann uns retten? Du dumme Nuss! Nur die Netten aus dem Dorfe der Haselnuss. Sagt es ihnen, wenn sie liegen in ihren Betten: Zwei tapfere Eichhörnchenmädel mit buschigem Schädel zusammen mit zwei Gästen aus dem südlichen Westen! Lesen ist Träumen und Träumen ist Freiheit!"*

Und nun stimmte auch Franzi mit ein und diesmal schrien sie geradezu gemeinsam die Prophezeiung laut in Richtung Himmel. Und es wirkte wirklich: Je lauter sie wurden, desto mehr kehrte ihr Mut zurück! Die Stimme des Symptoms und die gruseligen Geräusche des Waldes wurden dünner und leiser, der Sturm wurde schwächer und schwächer bis es ganz windstill wurde. Es schien, als ob alleine schon das Aufsagen dieser Prophezeiung das Böse bekämpfen könnte. „Niemand wird uns aufhalten! Kein Symptom und kein böser, böser Wald! Wir retten Simmy und Monsky!" Sie hielten sich beide nun fest an der Hand, machten die Augen zu und sprachen gemeinsam nochmals den letzten Satz der Prophezeiung: *„Lesen ist Träumen und Träumen ist Freiheit!"* Dann schliefen sie ein, denn sie waren hundemüde vom weiten Weg und den ganzen Strapazen.

Zapotak war fassungslos. Er saß oben auf dem Baumwipfel über den beiden. „Das gibt es doch nicht!", schnaufte er. Dieses sonderbare Pärchen ließ sich von ihm einfach nicht aus der Ruhe bringen! Er hatte das volle Programm gefahren und die legten sich in aller Seelenruhe zum Schlafen hin! Langsam kroch etwas Unbehagen in ihm herauf. Sie kannten die Prophezeiung und waren auf den Weg in sein Reich ... Zapotak musste sie stoppen, aber wie? Allein das Aufsagen der Prophezeiung hatte seinen Zauber gebrochen! Was hatte er nur falsch gemacht? Bisher hatte er noch alle, die meinten nur in die Nähe des Waldes kommen zu müssen, so erschreckt, dass sie es nicht ein zweites Mal versucht hatten. War diese Prophezeiung also doch wahr? Waren das die Zwei aus dem südlichen Westen, die zusammen mit zwei

Eichhörnchenmädchen das Gurkenland befreien würden? Aber wo waren dann diese Eichhörnchen? Plötzlich hatte er ein ganz komisches Gefühl. Da ging was vor sich! Er hatte etwas übersehen. Er musste schnellstens zurück in seinen Palast!

Lona de Misa und Franzi versuchen zu schlafen

Kapitel 9: Ein fataler Fehler

Ja, wo waren Simmy und Monsky? Sie waren schon längst in seinem Reich! Und das hatte sich so ereignet:

Gar nicht weit von der Stelle, an der Lona de Misa und Franzi ihr Nachtlager aufgeschlagen hatten, waren ein paar Stunden zuvor Simmy und Monsky gewesen. Sie hatten noch eine Pause gemacht, bevor sie die Grenze zum bösen, bösen Wald überqueren wollten. Ein bisschen Kraft tanken, denn sie hatten gewusst, dass das nicht einfach werden würde. Auch sie hatten die vielen Warnschilder gesehen, hatten aber keine Angst gehabt. Denn sie glaubten an die Prophezeiung und dass alles gut werden würde. Es hatte jedoch keine sonderbaren Geräusche aus dem Wald und auch kein „Symptom" gegeben, welches auf dem Baumwipfel saß und ihnen Angst machte. Denn Zapotak hatte tatsächlich einen Fehler gemacht ...

Er war im Laufe der Zeit zu selbstsicher und überheblich geworden. Da es über die vielen Jahre niemand geschafft hatte, in das Gurkenland zu kommen und es irgendwann auch niemand mehr gewagt hatte, wurde Zapotak mit der Zeit immer nachlässiger. Anstatt seinen Überwachungszauber für die Grenze alle drei Stunden aufzufrischen, hatte er an diesem Nachmittag lieber mit seinem Pudel Fridolin einen schönen Spaziergang durch den riesigen Schlosspark gemacht.

Das Schloss hatte er vor einiger Zeit von den armen Gurkenmenschlein erbauen lassen. Dafür wurde sehr viel wertvoller Wald gerodet, Flüsse und Bäche trockengelegt und zig alte Baumhäuser und Gurkenfelder zerstört. Unzählige Tiere verloren dadurch ihren Lebensraum. Er zwang das ganze Volk, für ihn zu arbeiten. Es gab keinen Unterschied mehr zwischen verhafteten und freien Gurkenmenschlein. Egal wie krumm die Gurkennase war, alle waren jetzt seine Sklaven! Die Gurkenmenschlein sahen verzweifelt, was Zapotak aus ihrer Heimat machte. Sie, die doch ihr Land, die Natur, die Umwelt und vor allem auch die Tiere so liebten und schätzten. Sie heulten und flehten ihn an.

Das Schloss

Aber das beeindruckte Zapotak nicht. Im Gegenteil, je verzweifelter das Gurkenvölkchen war, umso glücklicher wurde er. „Ein echter Gurkenkönig braucht auch ein richtiges Schloss mit Schlosspark und englischem Rasen. Alles andere wäre nicht standesgemäß!" Und selbstverständlich mussten auch lebensgroße Statuen von ihm und Fridolin im Schlosspark aufgestellt werden. An allen Ecken und Enden des Parks standen sie. Es war Zapotak so eine große Freude mit seinem rosa Pudel Fridolin an den Statuen vorbei zu flanieren um sein Reich zu besichtigen, dass er dabei gerne mal die Zeit vergaß. Das geschah jetzt immer öfter. Und als ihm dann an jenem Tag doch einfiel, dass er eigentlich schnell in sein Thronzimmer müsste um den Überwachungszauber zu erneuern, erschreckte sich gerade dann sein Pudel furchtbar.

Die Statuen im Schlosspark

Aus dem Teich war eine sonderbare Kreatur gestiegen. Zumindest auf den ersten Blick sah es so aus, als ob es eine alte Frau war. Oder war es doch nur eine große Gans? Diese fauchte den Pudel an. Fridolin lief wie vom Blitz getroffen weg. „Hätte ich doch nur meinen Überwachungszauber rechtzeitig erneuert, dann hätte ich Fridolin schon in wenigen Sekunden wieder eingefangen", dachte Zapotak nun. Er brauchte eine ganze Stunde um ihn zu finden. Der rosa Pudel war aus dem Schlosspark gelaufen und hatte sich auf einen Baum geflüchtet. In einem kleinen alten, verlassenen Baumhaus fand er ihn dann. „Komisch", wunderte sich Zapotak, „wie ist er denn da rauf gekommen?" Er holte ihn herunter. „Jetzt aber schnell zurück ins Schloss, mein lieber Fridolin! Wir müssen den Überwachungszauber wieder aktivieren. Nicht, dass jemand auf dumme Gedanken kommt."

Im Thronzimmer angelangt, sprach er nun den Überwachungszauber. Höchste Eisenbahn, dachte er. Mehrere Stunden war der Überwachungszauber nicht aktiviert gewesen. Aber zum Glück war ja nichts passiert. Dann hockte er sich zufrieden auf seinen Thron,

trank ein Glas Gurkenwein und kraulte seinen Fridolin. Er nahm sich eine Zeitung, es gab jetzt zwar
keinen *Gurkenheimer Anzeiger* mehr, denn wer sollte
den auch lesen? Außer ihm durfte das ja niemand
mehr. Aber er selbst besorgte sich auf seinen Ausflü-
gen ins Ausland immer Zeitungen und Zeitschriften.
Und wie er im *Haselnussboten* las, dass der Preis für
Gurken weltweit wieder gestiegen war, lächelte er zufrieden. „Ach Fridolin!", seufzte er nun glücklich und
kraulte den rosa Pudel liebevoll.

Simmy und Monsky jedenfalls waren genau in diesem
Zeitfenster an der Grenze angekommen. Kein Überwachungszauber, keine Geräusche, kein Sturm und
auch kein Symptom ... Und deshalb konnten sie nun
auch die Brücke über den Fluss sehen. Zapotak hatte
diese nicht abgerissen, sondern durch den Überwachungszauber nur unsichtbar gemacht. So konnte
diese niemand außer er selbst sehen. Er ging gerne
über diese Brücke, wenn er das Land für seine Ge-
schäfte verließ.

Aber jetzt war sie für ein paar Stunden sichtbar und
Monsky rief ihrer großen Schwester zu: „So, genug ge-
rastet. Lass uns über die Brücke gehen und das
Gurkenvölkchen retten!" Ein bisschen mulmig war

ihnen schon zu Mute, als sie die Grenze überquerten. Erst tasteten sie sich in kleinen Schritten über die Brücke, immer mit der Angst, jetzt müsse doch etwas Schlimmes und Furchtbares passieren. Aber es geschah nichts. Denn der Überwachungszauber war ja ausgeschaltet.

Überquerung der Brücke

So wurden sie mit jedem Schritt mutiger und mutiger. Die zwei Eichhörnchenmädchen hielten sich an der

Pfote und lächelten. Sie sahen sich um. Wunderschön und gar nicht unheimlich war dieser Auenwald, wie ein Märchenwald. Wahrlich ein kleines Paradies. Sie sahen in ihr Büchlein, dort war eine Landkarte. „Hier geht es lang", Simmy deutete nach Osten. „Wir müssen zum Schloss von Zapotak!"

Jetzt, ein paar Stunden später schliefen Lona de Misa und Franzi hier an der Grenze schön friedlich in ihren Schlafsäcken, denn Zapotak war wieder weg. Und die beiden hatten wieder einen gemeinsamen Traum. Bevor sie etwas sehen konnten, rochen sie schon diesen würzig-säuerlichen Essiggurkengeruch.

Und wie in der Nacht zuvor in der Dorfschänke *Zur Dummen Nuss* erschien ihnen das Gurkenmenschlein Wasiro, diesmal in Begleitung seiner Oma Massila. *„Lesen ist Träumen und Träumen ist Freiheit!"*, sprach Wasiro zu ihnen. „Das ist der Schlüssel mit dem ihr in unser Land kommt, liebe Freunde. So funktioniert die Gurkopathie." Sie umarmten Lona de Misa und Franzi und gaben ihnen dann eine Flasche zu trinken. Darin war der von Oma Massila erfundene Gurkentrank.
Lona de Misa und Franzi nahmen einen großen Schluck. „Ganz schön scharf!", schüttelte sich Franzi.

Und Lona des Misa sprach aus, was beide dachten: „Nicht gut, nicht schlecht, aber lustig!" Alle vier mussten jetzt lachen.

Oma Massila betonte: „Aber vor allem: wirksam!"

Und dann nahmen sie sich alle an den Händen und sprachen gemeinsam die Prophezeiung. Den letzten Satz brüllten sie regelrecht in Richtung Gurkenland: *„Lesen ist Träumen und Träumen ist Freiheit!"*

Kapitel 10:   Der Kern des Pudels

Zapotak war, nachdem er an der Grenze das Erlebnis mit Lona de Misa und Franzi hatte, wieder in seinem Thronzimmer. Er dachte nach. Warum hatten die beiden einfach keine Angst vor dem Symptom? Und woher kannten sie die Prophezeiung? Allein das Aufsagen der Prophezeiung hatte seinen Zauber gebrochen. Wo lag der Fehler? Und nun erinnerte er sich an den Tag, als er die ganze Macht an sich gerissen hatte und vom Balkon aus seinen Zauberspruch gesprochen hatte. Dieser Zauberspruch, auf dem alles fußte. Er war die Grundlage allen Überwachungszaubers. Und darauf beruhte das ganze Unterdrückungssystem.

Da fiel auf einmal bei ihm der Groschen: „Mist! Es muss dieses sonderbare alte Gurkenweiblein gewesen sein!" Sein perfekter Plan war damals dadurch gestört worden, dass ein altes Gurkenweiblein, kurz bevor er seinen Zauberspruch vollenden hatte können, noch gerufen hatte: „Zapotak, du gemeiner Tyrann, denke daran. Der Tag wird kommen und die alte Prophezeiung wird wahr werden!"

Zapotak spürte nun große Wut in sich aufkommen. Er schnaubte: „Und dann hat dieses blöde alte Weiblein gemeinsam mit den anderen alten Dummgurken die Prophezeiung aufgesagt!" Jetzt verstand er! Da lag das Problem. Sein Plan war perfekt gewesen, aber sein Zauberspruch war durch die Störung nicht 100% wirksam geworden. Es gab dadurch Lücken im Zaubersystem! Er musste diese schleunigst schließen, bevor jemand diese entdecken und ausnützen würde. Deswegen musste er den Zauberspruch erneut sprechen. Wieder vom Balkon aus – und diesmal ohne Störung!

Er wusste gar nicht mehr, wie der Zauberspruch genau ging. Ja, den Überwachungszauber erneuerte er natürlich alle paar Stunden. Den konnte er auswendig. Das funktionierte sogar von außerhalb des Landes per Fernzauber, wenn er sich auf Reisen befand. Aber wie ging dieser allgemeine Unterdrückungszauber, auf dem alles aufbaute? Er musste sich genau daran erinnern: „Nicht nochmal einen Fehler machen", sagte er zu seinem Pudel Fridolin.

Außerdem, wo war eigentlich sein Zauberstab? „Doppel-Mist! Das gibt's doch nicht! Geht denn heute alles schief?" Zapotak war sauer und ein bisschen irritiert. Sein Pudel schaute ihn unschuldig an. „Fridolin, mein Liebling, such!" Und was tat Fridolin? Er schaute sein Herrchen weiterhin treuherzig an. Zapotak war nachsichtig: „Ach Fridolin, mein kleines Dummchen ..."

Aber Fridolin war kein kleines Dummchen und eigentlich war er auch kein Pudel! Und rosa Fell hatte er ursprünglich auch nicht gehabt. Er war vor einigen Jahren von der bösen Hexe Korbina an Zapotak verkauft worden. Jedes Jahr im Frühjahr fand auf einer kleinen Insel im hohen Norden ein Kongress für Schwarze Magie statt. Das war auch für Zapotak ein absolutes Muss. Zum einen konnte er sich dort von all den anderen Bösewichten feiern lassen. „Schau an, der Zapotak! Wie du das mit dem Gurkenland geschafft hast, das war schon ein Meisterstück", hörte er dort nicht nur einmal. Zum anderen gab es dort sehr gute Fortbildungen für Bösewichte: Kurse und Vorträge zu allem was mit Zauberei oder Gemeinheiten zu tun hatte. Auch Zapotak hielt regelmäßig einen Vortrag. Der Titel: „Es muss nicht immer blutig sein, aber dafür richtig böse!" Der Vortrag war immer sofort ausgebucht und der Vortragsraum rappelvoll. Da wollten sie alle dabei sein und aus erster Hand hören, wie so was funktionieren soll. Denn das war mal ein ganz neuer Ansatz in der Welt der Gemeinen und Bösewichte. Es gab auf dem Kongress auch immer einen Markt auf dem Haustiere an die bösen Zauberer und Hexen verkauft wurden. Es ist ja bekannt, dass gemeine Menschen – und böse Zauberer insbesondere – oft keine anderen menschlichen Seelen um sich dulden. Aber so ein rosa Pudel, der einen so schön anhimmelt oder eine Klapperschlange mit der es sich so schön kuscheln lässt, das gefällt dann doch auch dem gemeinsten Magier. Und ganz allein böse zu sein ist halt auf Dauer auch langweilig. Es muss schon jemand da sein, dem man seine bösen Taten stolz vorführen kann.

Und weil die Nachfrage so groß war, kam es immer wieder mal vor, dass nicht alle verkauften Haustiere auch wirklich echte Haustiere waren. So wie Fridolin: Eigentlich war er ein Eichhörnchen aus Haselnussdorf. Als er mit der Schule fertig gewesen war, hatte er die große weite Welt sehen wollen – wie so neugierige junge Eichhörnchen nun mal sind. Aber er kam nicht sehr weit und schon bald an die Falsche. Denn die Hexe Korbina hatte es genau auf solche neugierigen, unbedarften und blauäugigen Weltentdecker abgesehen. Und dann ist da nicht mehr viel mit Weltentdecken – so ein Eichhörnchen landet dann eben schnell als rosa Pudel bei Zapotak.

Und das war so gekommen: Korbina hatte sich in eine hübsche Eichhörnchendame verwandelt und den jungen Fridolin bezirzt. Sie hatte sich mit dem Namen Ekkora vorgestellt. Fridolin war hin und weg gewesen, als er sie in der Hafenkneipe „Los geht's!" in der Hafenstadt Lobstock am Meer kennengelernt hatte. Eigentlich hatte er ja früh am nächsten Morgen mit dem Schiff nach Übersee fahren wollen. Deshalb hatte er sich in Hafennähe ein Zimmer gemietet. Er hatte vorgehabt, zeitig ins Bett zu gehen. Nur noch ein Haselnussbier und einen Walnussauflauf hatte er zu sich nehmen wollen. Aber Ekkora hatte ihn in ihren Bann gezogen. Und so war es nicht nur ein Haselnussbier geworden. Wie er dann mal auf die Toilette gemusst hatte – so ein Eichhörnchen hat ja bekanntlich nicht die allergrößte Blase – hatte Ekkora ein kleines Säckchen mit Zauberpulver aus ihrer Tasche geholt und den gesamten Inhalt in sein Bier geschüttet. Als er zurückgekommen war, hatte sie ihn unschuldig angelächelt, ihm zärtlich über die Wange gestrichen und gesäuselt: „Ach du süßer Fridolin! Komm, trink schnell aus und lass uns auf dein Zimmer gehen. Ich würde so gerne ein bisschen mit dir kuscheln ...“ Das hatte er sich nicht zweimal sagen lassen. Er hatte seinen Krug in einem Zug ausgetrunken und sie waren Pfote in Pfote in sein Zimmer hochgegangen. An das, was dann geschehen war, konnte er sich im Nachhinein nicht mehr erinnern. Nur etwas ist ihm in Erinnerung geblieben: Da war keine hübsche Eichhörnchendame mehr gewesen, die ihn angelächelt, sondern eine böse alte Hexe, die ihn ausgelacht hatte.

Und dann war er wirklich hin und weg gewesen – und hatte sich am nächsten Morgen als rosa Pudel in einem Käfig wieder gefunden. Und noch einen Tag später war er schon bei Zapotak auf dem Schoß gesessen. Es war nun Zapotak, der seitdem hin und weg war: von Fridolin, dem rosa Pudel! Das einzige Lebewesen, dass er liebte und dem er vertraute.

Aber von diesen Vorkommissen wusste Zapotak natürlich nichts – er hielt Fridolin für einen ganz normalen rosa Pudel ...

Fridolin hatte, während Zapotak am Abend an der Grenze war, Monsky und Simmy entdeckt. Diese waren, nachdem sie es durch den Auenwald geschafft hatten, nun tatsächlich am Schloss angekommen. Auf dem Weg dorthin war ihnen aufgefallen, dass sie auf niemanden trafen. Obwohl schönstes Wetter war, war keiner zu sehen. Das ganze Land wirkte menschenleer. Nur aus der Ferne sahen sie ab und zu ein paar Gurkenmenschlein auf den Feldern arbeiten. Traurig und hoffnungslos sahen sie aus, das konnte man sogar von weitem sehen. Auch im Schlosspark war niemand, lediglich ein paar Vögel saßen auf den Bäumen. Aber Simmy und Monsky hörten diese nicht einmal zwitschern. Ganz so, als ob auch sie vor Traurigkeit verstummt wären.

Nur ein paar hundert Meter vom Schloss entfernt versteckten die beiden sich hinter einem Baum und überlegten, was sie nun tun sollten. Bisher hatten sie sich nur Gedanken gemacht, wie sie in das Gurkenland und zum Schloss von Zapotak kommen konnten. Jetzt waren sie an ihrem Ziel angekommen. Aber nun wussten sie nicht recht, was sie tun sollten. Denn einen richtigen Plan, wie sie das Gurkenland befreien könnten, hatten sie ja nicht.

Fridolin war zwar äußerlich ein Pudel, aber in Wirklichkeit natürlich immer noch ein Eichhörnchen. Er konnte zwar bellen, aber er konnte auch richtig reden. Er spielte Zapotak immer nur vor, dass er ein kleiner dummer Pudel wäre. Und er spürte jetzt mit seinem Instinkt, dass in der Nähe noch weitere Eichhörnchen seien mussten. Er ging vor die Türe des Schlosses und schnüffelte am Boden und in der Luft. Dann nahm er Witterung auf und lief schnell in Richtung Monsky und Simmy. Als sie ihn sahen, erschraken sie zuerst fürchterlich.

„Ihr braucht keine Angst zu haben. Ich bin ein Eichhörnchen wie ihr, auch wenn ich nicht so aussehe."
Sie konnten es nicht fassen: Ein rosa Pudel, der richtig sprechen konnte! Dann erzählte er seine Geschichte und sie glaubten ihm. Denn auch sie hatten ihren Eichhörncheninstinkt. Und dieser Instinkt sagte ihnen: Auch wenn dieses Wesen aussieht wie ein rosa Pudel – das ist ein Eichhörnchen! Sie hatten Vertrauen in Fridolin und berichteten von ihrem Traum. Sie erzählten vom Gurkenmenschlein Wasiro, von Oma Massila und der Gurkopathie. Und natürlich von der Prophezeiung. Und sie bekräftigten nochmal: „Wir werden das Gurkenland befreien!"

Simmy lächelte Fridolin an, fragte mit ihrer liebreizenden Stimme „Willst du uns helfen?" und klimperte mit ihren buschigen Wimpern.

Jetzt war Fridolin wieder einmal hin und weg. Aber diesmal hatte er sich in ein echtes Eichhörnchenmädchen verliebt. Er strahlte und sagte laut und deutlich: „Ich helfe euch! Gemeinsam werden wir Zapotak besiegen!" Er stellte sich jetzt aufrecht hin. Simmy umarmte ihn und gab ihn einen Kuss auf die Backe. Für einen kurzen Augenblick war diese nicht mehr rosa, sondern richtig rot. Dann besann Fridolin sich: „Kommt schnell mit, bevor Zapotak zurückkehrt."

Als Zapotak zurückkam, bemerkte er nicht, dass sich zwei Eichhörnchen bei ihm im Schloss versteckt hielten. Er hatte ja nicht den Instinkt dieser Tiere, die sich gegenseitig wittern konnten.

Zapotak musste unbedingt den Überwachungszauber neu aussprechen, dazu brauchte er seinen Zauberstab. Aber wo war denn dieser verflixte Zauberstab auf einmal hingekommen? Er suchte nun überall im Schloss nach ihm. In jedem einzelnen Zimmer, in jedem Schrank. Er fand ihn einfach nicht.

Aber es gab ein Zimmer, dass kannte er nicht ...
Wie konnte das möglich sein?

Damals als Zapotak die Gurkenmenschlein gezwungen hatte, das Schloss zu bauen, hatten auch Wasiro und seine Oma Massila mithelfen müssen. Massila war die Idee gekommen, heimlich ein Geheimzimmer mit einem eigenen versteckten Eingang einzubauen. Niemand außer Wasiro und Massila wussten davon. Sie hatten es tatsächlich geschafft, unbemerkt von allen dieses geheime Versteck zu bauen. Als das Schloss fertig gestellt gewesen war, hatten sich die beiden hierhin zurückgezogen und seitdem unbemerkt von Zapotak gelebt. Massila konnte hier heimlich an ihrem Trank für die Gurkopathie weiterforschen. Das war das beste Versteck, welches es im ganzen Land gab!
Zapotak ahnte nicht, dass sich die größte Gefahr für ihn im eigenen Schloss, nur wenige Meter von ihm entfernt befand ...

Der Überwachungszauber funktionierte nur außerhalb des Schlosses. Zapotak ließ niemand in das Schloss rein, nachdem es fertiggestellt war. Nur er und sein rosa Pudel durften diese Pracht genießen. Er hatte einen Zauber gesprochen, der es niemand anderem als ihm und seinem Pudel erlaubte, rein und rauszukommen. Die Türschwelle konnte niemand sonst überschreiten. Sobald jemand versuchte, alleine einzutreten, ging der Alarm los und derjenige konnte sich nicht mehr bewegen. Nur in Begleitung von Zapotak selbst oder seinem Pudel Fridolin war ein Eintreten möglich. Das ließ Zapotak aber nur zu, wenn Wein- oder Essenslieferungen kamen. Die Dienstboten durften ihre Ware dann aber auch bloß schnell hinter die Türe stellen, dann wurden sie von Zapotak sogleich wieder rüde weggestaubt.

Massila und Wasiro waren somit die einzigen Gurkenmenschlein im ganzen Land, die Zapotak nicht überwachen konnte. Sie konnten sich auch frei im Schloss bewegen. Sie mussten nur aufpassen, dass Zapotak es nicht mitbekam. Immer wenn Zapotak zu Besorgungen oder Geschäftsreisen aufbrach, hatten sie ihre Ruhe und das ganze Schloss für sich alleine. Aber auch wenn er nicht unterwegs war, gab es tägliche feste Zeiten, in denen er nicht im Schloss war: Seine Spaziergänge im Park und seine Besuche auf den Gurkenfeldern, bei denen er es so genoss, den

Gurkenmenschlein bei der schweren Arbeit zuzuschauen und sie antrieb, noch mehr und schneller zu arbeiten. Diese Zeitfenster nutzen Wasiro und Massila auch um etwas aus Zapotaks Vorratskammer zu stibitzen. Die war so voll, dass er es eh nicht merkte.

Und einmal die Woche sein Lieblingstermin: Immer sonntags um 12.00 Uhr ging er für eine Stunde hinunter in den Kerker. Das war für ihn der Höhepunkt der Woche, da freute er sich so richtig darauf!

Im Kerker saßen Fiona Cucumber und ihre Familie in einer Zelle, in einer anderen Oleg von der Gurke und seine Lobinie, sowie in der dritten Zelle die drei Parteifunktionäre Axo Salzgurke, Jono Gurkerich und Tolo Salatgurke. Sie hatten es den Umständen entsprechend gar nicht so schlecht hier. Eigentlich waren es schon eher kleine Wohnungen als Kerkerzellen. Sie hatten geräumige Zimmer, jeweils ein eigenes Bad und eine Toilette.

Zapotak versorgte sie mit gutem und frischem Essen und manchmal auch mit einer Flasche Gurkenwein. Er sagte dann immer mit ironischem und bösem Unterton: „Ich habe euch doch so viel zu verdanken, da will ich mich schon erkenntlich zeigen, hähähä!" Er musste dann immer lauthals über seine eigene Bosheit lachen. Ach, das machte ihm so Spaß, zu beobachten wie dann die Parteifunktionäre und Oleg von der Gurke so säuerlich dreinschauten ...

Lobinie verzog dann immer das Gesicht und giftete ihren Oleg an: „Ich hätte auf meine Mutter hören sollen! Sie hat von Anfang an gesagt, dass du nur ein Luftikus und Schaumschläger bist. Wegen dir hocke ich jetzt hier im Kerker!" Sie sah ihn dann immer so vorwurfsvoll an und weinte bitterlich. Seit Oleg und Lobinie im Kerker waren, himmelte sie ihren Oleg gar nicht mehr an, sondern nörgelte Tag und Nacht an ihm herum.

Die Zimmer waren untereinander nicht verschlossen und es gab auch einen Gemeinschaftsraum, in welchem sich alle treffen konnten. Aber Fiona und ihre Eltern mieden den Kontakt zu den anderen. „So langweilig kann mir gar nicht sein, dass ich diese Dummgurken sehen möchte", sagte Fiona zu ihren Eltern. Was ihr am meisten fehlte, waren Bücher und Zeitungen. Sie las für ihr Leben gerne, zumindest in diesem Punkt hatten sie und Zapotak etwas gemeinsam. Und so machte sie aus der Not eine Tugend. Sie und ihre Eltern erfanden abwechselnd Geschichten, die sie sich gegenseitig erzählten. „Papa, wenn wir hier wieder rauskommen – und ich bin mir sicher, irgendwann kommen wir hier wieder raus – dann schreiben wir gemeinsam ein Buch!", versuchte sie ihrem Vater Hoffnung zu machen, denn die lange Haft setzte ihm arg zu.

Dass aber dieser Sonntag der entscheidende Tag sein würde, das hatten sie nicht ahnen können. Aber am allerwenigsten hatte Zapotak damit gerechnet.

Kapitel 11: Wir pfeifen auf den Gurkenkönig!

Simmy und Monsky warteten auf Fridolin. Er wollte, sobald Zapotak wieder auf seinem Kontrollgang war, zu ihnen zurückkommen. Es war jetzt spätabends, aber er war immer noch nicht hier bei ihnen im Geheimzimmer. Geheimzimmer war eigentlich untertrieben, denn es war viel mehr als ein Zimmer. Es gab hier eine äußerst komfortable Wohnung mit zwei Schlafzimmern, Küche, Bad, Toilette und ausreichend Platz. Und ein schönes Wohnzimmer mit gemütlichen Sesseln zum Lesen. Ja, zum Lesen!

Hier hatten Wasiro und seine Oma Massila viele Bücher. Denn sie konnten sich immer ein paar aus der riesigen Schlossbibliothek holen. Zapotak merkte das nicht, denn wenn sich in einer Bibliothek alle Bücher des ganzen Landes befinden, also Abertausende, fällt es nicht auf, wenn mal ein paar fehlen. Und so hatten sie sich mit der Zeit eine eigene kleine, aber feine

Bibliothek aufbauen können. Vor allem die Zauberbücher hatten es Massila angetan. Sie wusste,
irgendwann würde ihr all das Wissen der Bücher nüt-
zen. Denn *„Lesen ist Träumen und Träumen ist
Freiheit!"* Durch die alten Zauberbücher war sie auch
auf die Rezeptur des Tranks für die Gurkopathie gekommen.

Massila und Wasiro hatten schon einige Zeit im Geheimzimmer gelebt gehabt, als eines Tages schließlich
auch Fridolin zu Zapotak in das Schloss gekommen
war. Erst hatten sie gar nicht gemerkt, dass es im
Schloss außer Zapotak und ihnen noch einen weiteren Bewohner gab. Aber bald darauf hatten Wasiro
und seine Oma einen riesigen Schreck bekommen:
Der Pudel hatte tatsächlich den versteckten Eingang
zum Geheimzimmer entdeckt! So ein als Pudel ver-
wandeltes Eichhörnchen streunt halt den ganzen Tag
durch das Schloss, was soll es denn sonst machen –
so ganz alleine, nur mit einem durchgeknallten Zauberer als Herrchen? Das Geheimzimmer befand sich
auf dem Dachboden. Das hatte auch den Vorteil, dass
man von dort oben einen guten Überblick auf den
Schlosspark hatte und auch sah, wenn Zapotak

zurückkam. Es gab ein Fenster in jede Himmelsrichtung. Diese waren aber von außen nicht zu sehen. Die geniale Konstruktion war, dass die zwei Gurkenmenschlein aus diesen Fenster zwar raus schauen konnten, aber von außen niemand reinschauen konnte. Das Licht konnte rein, aber es kam nicht raus.

Beim Eingang zum Geheimzimmer war es ebenso. Von außen deutete nichts daraufhin, dass sich dahinter etwas befand. Die Türe war nicht zu erkennen. Sie fügte sich in die Mauer ein wie ein Chamäleon, es war kein Unterschied zu bemerken. Aber man konnte von innen nach außen sehen. Zapotak war nie hier oben. Das Dachgeschoss interessierte ihn nicht. Das Schloss hatte 77 Zimmer, was wollte er denn dann da oben? Er hatte ja keinerlei Ahnung, dass es seit seinem Einzug in das Schloss außer ihm und Fridolin noch zwei weitere Bewohner gab.

Als dann eines Tages dieser rosa Pudel aufgetaucht war und neugierig vor der Türe gestanden hatte, waren Wasiro und Massila sehr aufgeregt gewesen. „Hoffentlich findet er nicht den Eingang zum Geheimzimmer!", war es ihnen durch den Kopf geschossen. Sie hatten ihn gesehen, er sie jedoch nicht. Aber ein

Eichhörnchen, welches in einen Pudel verwandelt worden ist, hat gleich zwei Instinkte: Den eines Eichhörnchens und den eines Pudels! Und so hatte er gespürt, dass sich hinter der Wand jemand verborgen hatte. Mit seiner Schnauze hatte er gegen die versteckte Türe geschnuppert und dann dagegen gedrückt.

Und dann war es passiert: schwupps!

Der unsichtbare Eingang war plötzlich aufgegangen und Fridolin regelrecht in das Geheimzimmer gefallen. Wasiro und Massila hatten vor Schreck keinen Laut heraus gebracht. Mit offenem Mund hatten sie den rosa Pudel angestarrt. „Das ist unser Ende!", hatten sie gedacht und nun das Schlimmste erwartet. Aber auch Fridolin selbst war sehr erschrocken gewesen. Denn damit hatte auch er nun wirklich nicht gerechnet. Im Schloss gab es zwei Gurkenmenschlein! Wie konnte das sein?

„Wer ..., wer ... seid ..., seid ihr?", hatte der Pudel danach doch noch stotternd heraus gebracht.
„Du kannst ja reden!", hatte Wasiro erstaunt geantwortet.

„Ja, und ich bin auch gar kein Pudel sondern ein verzaubertes Eichhörnchen aus Haselnussdorf. Zapotak hat mich gekauft und ich bin sein Schoßhund, aber eigentlich bin ich sein Gefangener." Dann hatte er begonnen, die ganze Geschichte zu erzählen. Wasiro und Massila hatten erstaunt zu gehört, aber nun Vertrauen gefasst. Und so hatten sie daraufhin ihre Geschichte erzählt.

Mit der Zeit sind sie beste Freunde geworden. Immer wenn es ihm möglich war, besuchte Fridolin sie nun oben im Dachgeschoss. Und wenn Zapotak außer Haus war, gingen Wasiro und Massila zu ihm hinunter in den Thronsaal. Sie verbrachten viel Zeit miteinander und waren froh gewesen, dass sie nicht mehr so einsam waren.

Die drei hatten seitdem ein gemeinsames großes Ziel: Zapotak zu stürzen und das Land zu befreien!

Und jetzt waren Simmy und Monsky hier im Geheimzimmer und warteten sehnsüchtig und leicht ängstlich auf Fridolin. Endlich, es war schon fast Mitternacht, stand Fridolin vor dem Eingang des Geheimzimmers und öffnete die Türe. Er hatte den Zauberstab von Zapotak im Maul. Aufgeregt sagte er zu Simmy und Monsky: „Ich muss gleich wieder runter. Nicht, dass Zapotak bemerkt, dass ich weg bin. Hier ist sein Zauberstab. Passt gut darauf auf. Sobald es möglich ist, komme ich wieder hoch. Bald müssten auch Wasiro und Massila wieder zurück sein. Hoffentlich hat es geklappt mit der Gurkopathie und sie bringen diese sonderbaren Gäste aus dem Südwesten mit. Die sind an der Grenze und wollen ebenfalls zum Schloss. Und dann geht es los. Die Prophezeiung wird jetzt wahr!"

Doch, oh Schreck! Durch die Türe sahen sie Zapotak! Er fluchte und schimpfte. Hatte er sie gehört? Monsky nahm die Pfote ihrer Schwester Simmy und drückte sie fest. Fridolin machte leise „Pssst!" Simmy hielt ihm ebenfalls die Pfote. Sie wagten fast nicht zu schnaufen und alle drei zitterten vor Angst. Wenn er sie entdecken würde, war alles verloren.

Und dann geschah es.

Zapotak drückte die Türe ein und jetzt stand er drohend vor ihnen. „Fridolin, du elendiger Verräter! Ich habe dich so geliebt!", schluchzte er nun. Es nahm ihn wirklich mit. „Dass du mir das angetan hast!" Er ging nun hastig auf Simmy zu, welche den Zauberstab in der Hand hielt und entriss ihn ihr. Aber die kleine Monsky war flink, wie halt nur so kleine Eichhörnchen sein können. Sie zwickte Zapotak fest mit ihrer Schnauze in den Arm und dieser schrie auf: „Aua! Das ist aber gemein!" Er ließ den Zauberstab fallen. Fridolin schnappte sich diesen schnell wieder.

Und dann passierte etwas, mit dem Zapotak nicht gerechnet hatte! Erst wurde das Licht im Geheimzimmer leicht grünlich und dann konnte man schon vier Schatten sehen. Und schließlich standen sie da: Wasiro, seine Großmutter Massila und diese beiden merkwürdigen Wesen in Dirndl und Lederhose! Nicht nur Zapotak war erstaunt über Lona de Misa und Franzi!

„Ergebt euch und gehorcht dem Gurkenkönig! Ihr seid alle verhaftet!", rief er nun. Aber Lona de Misa lachte ihn nur aus. Und Franzi reagierte nun ganz schnell. Er nahm seinen Tegernseer Steinkrug, den er immer dabei hat – man weiß ja nie – und zog ihn Zapotak mit voller Wucht über den Schädel. „Aua, das ist total gemein!" Zapotak brummte der Kopf. Normalerweise hätte er sich schon wehren können. Es gab ja auch Zaubersprüche, die er ohne den Zauberstab aussprechen konnte. Vor allem die zur Verteidigung. Aber jetzt fiel ihm einfach keiner ein, denn er hatte so Kopfweh wie nach fünf Maß Haselnussbier. Und sogleich überwältigten ihn die tapferen Rebellen gemeinsam. Gegen diese Übermacht von zwei Gurkenmenschlein, zwei Eichhörnchenmädchen, einem Pudel und diesem Pärchen in der sonderbaren Tracht hatte er keine Chance. Er lag am Boden, auf seinen Beinen und Armen und seinem Bauch saßen sie. Er konnte sich nicht bewegen. Und seinen Kopf auch nicht, den hielt Franzi ganz fest mit der einen Hand während er in der anderen Hand seinen Tegernseer Steinkrug drohend über Zapotaks Schädel hielt.

„Ganz ruhig Bürscherl, sonst spürst den gleich nochmal!", drohte Franzi. Und dann fesselten sie ihn. Da sie in der Eile nichts anderes fanden, nahmen sie eine Hundeleine, die Fridolin hier mal hoch gebracht hatte. Zapotak hatte sie ihm zu Weihnachten geschenkt. Sie war so hässlich, dass Fridolin sie einfach hier oben versteckt hatte, damit er damit nicht mit Zapotak Gassi gehen musste. Sie war Lila mit Glitzersteinchen darauf und alle drei Sekunden blinkten Lichter auf: Erst in Grün, dann in Blau und dann in Rot, immer wieder. Schrecklich, hatte sich damals

Fridolin gedacht. Aber jetzt war die Leine doch noch zu etwas nütze. Er war jetzt froh, dass er sie nicht einfach im Schlosspark vergraben hatte, wie er es zuerst vorgehabt hatte.

Nun mussten die Befreier des Gurkenlandes schnell handeln. Sie wussten, dass sie nicht viel Zeit hatten. Es war jetzt unbedingt notwendig, den Zauberfluch, den Zapotak über das Land gelegt hatte, aufzuheben, bevor dieser wieder zu Kräften kam.

Simmy nahm Fridolin wieder bei der Pfote und Monsky lächelte kurz Wasiro an. Dann gaben die Eichhörnchenmädchen gemeinsam das Kommando: „Schnell auf den Balkon des Thronzimmers!"
Massila und Lona de Misa folgten und Franzi packte Zapotak etwas unsanft am Nacken und trieb ihn an: „Und du kommst natürlich auch mit, gell!"
Zapotak wusste nicht wie ihm geschah, aber er hatte keine Chance. Was war heute nur los? „Alles geht schief", seufzte er leise. Wie konnte es sein, dass hier im Schloss Gurkenmenschlein waren? Die waren doch alle versklavt und schufteten auf den Feldern. Und wie kamen all diese sonderbaren Wesen in sein Schloss? Das war doch durch den Zauber versperrt …

Und auf einmal fiel es ihm wie Schuppen von den Augen: Dieses alte Gurkenweiblein hier im Raum! Das war doch diese nervige Alte, die es damals gewagt hatte, ihn während des Zauberspruchs zu stören. Massila bemerkte, dass Zapotak sie erkannt hatte und grinste ihn an: „Da schaust du! Man trifft sich immer zweimal im Leben! Und Frau auch, hihihi." Zapotak schnaubte vor Wut.

Als sie dann alle zusammen auf dem Balkon standen, sahen sie auf das Gurkenland hinunter: So schön und doch so trostlos! Auf den Feldern sahen sie entmutigte und gebrochene, traurige Gestalten. Diese hatten schon seit Jahren jegliche Hoffnung aufgegeben. An ihrem Leben würde sich nichts mehr ändern: Immer nur Arbeit, kärgliches Essen und ein wenig Schlaf. Aus viel anderem bestand ihr Leben nicht mehr, seit Zapotak der Gurkenkönig geworden war.

Aber jetzt standen dort auf dem Balkon ein rosa Pudel, zwei Gurkenmenschlein, zwei Eichhörnchenmädchen, eine junge Frau in einer unbekannten Tracht und ein junger Mann in einer kurzen Hose aus Leder. Und das Sonderbarste war: Der Gurkenkönig Zapotak mitten unter ihnen, gefesselt mit einem lila Hundeband mit Glitzersteinchen, welches alle drei

Sekunden in grellen Farben aufblinkte. Das wäre ein Foto für die Titelseite des *Gurkenheimer Anzeigers* gewesen, wenn es ihn denn noch gegeben hätte!

Massila hatte den Zauberstab in der Hand und zeigte mit diesem auf das Gurkenland.

Und dann sprachen sie alle, außer natürlich Zapotak, gemeinsam die Prophezeiung. Laut und deutlich: *„Es werden düstere und böse Zeiten auf uns zukommen, das ganze Land verkommen. Das Symptom wird herrschen und uns alle knechten, die Guten wie die Schlechten! Oh weh, wer kann uns retten? Du dumme Nuss! Nur die Netten aus dem Dorfe der Haselnuss. Sagt es ihnen, wenn sie liegen in ihren Betten: Zwei tapfere Eichhörnchenmädel mit buschigem Schädel zusammen mit zwei Gästen aus dem südlichen Westen! Lesen ist Träumen und Träumen ist Freiheit!"*

Und plötzlich war alles anders! Der Zauberfluch von Zapotak war gebrochen! Die Gurkenmenschlein erwachten aus ihrem apathischen Zustand. Zuerst verstanden sie gar nicht, was los war. Sie hörten die Prophezeiung und mit jedem Wort verstanden sie es besser! Im ganzen Gurkenland war es zu hören. Nun lächelten die ersten und als Lona de Misa ihre Rede mit den Worten „Ihr seid frei! Der Gurkenkönig ist abgesetzt!" begann, jubelten sie. Wirklich jede Bewohnerin und jeder Bewohner des Gurkenlandes ließ alles stehen und liegen und machte sich auf den Weg zum Schlosspark. Tausende glückliche Gurkenmenschlein und „Halbgurken" standen nun fröhlich und mit Freudentränen in den Augen im Schlosspark. Ob alt oder jung, Gurkenmenschlein oder „Halbgurke", alle umarmten sich und strahlten vor Freude!

Inzwischen hatte Fridolin die Gefangen aus dem Kerker befreit. Eigentlich musste er sie gar nicht befreien, denn sobald die Prophezeiung ausgesprochen war, öffneten sich in ganzen Land die Türen. Auch im Gefängnis, das sich in der ehemaligen Gurkenfabrik befand, sowie im Kerker des Schlosses. Fridolin informierte die Kerkerinsassen, dass Zapotak abgesetzt und gefangen genommen worden ist. Und er bat Fiona Cucumber und Oleg von der Gurke mit auf den Balkon zu kommen. Als das Volk Fiona sah, jubelte es und als Oleg von der Gurke auch zu sehen war, gab es ein Geraune und einzelne Buhrufe sowie Pfiffe. Oleg wollte nun zu einer großen Rede ansetzen. Er dachte, das sei jetzt seine Chance wieder auf den

Thron des Gurkenkönigs zu kommen. Und auch Lobinie hoffte das. Auf einmal himmelte sie ihn wieder an. Aber mehr als „Mein liebes Volk ...", brachte er nicht heraus, denn Franzi zog ihn kräftig an den Ohren und sagte streng und bestimmt wie eine resolute bayerische Wirtshausbedienung: „Du bist jetzt staad!"

Lona de Misa wandte sich wieder an das Volk der Gurkenmenschlein: „Der Gurkenkönig, nein, der Gurkendiktator ist abgesetzt und verhaftet! Die Prophezeiung ist wahr geworden. Zapotak hat seinen gemeinen und bösen Plan umsetzten können. Und das in einem Land, welches überall dafür bekannt gewesen war, dass in ihm die friedlichsten und tolerantesten Lebewesen weit und breit wohnten! Ihr Gurkenmenschlein wart ein Volk, das weder Neid noch Missgunst oder Hass gekannt hatte. Und doch ist es Zapotak gelungen, aus diesem Paradies eine Hölle auf Erden zu machen! Er hat es geschafft, das Volk zu spalten und die niederen Instinkte zu bedienen. Erst ging es gegen die Halbgurken und schließlich waren alle versklavt. Aber wie und warum hat er das geschafft? Weil ihm gierige und machtbesessene Gurkenmenschlein dabei geholfen haben!" Sie schaute böse zu Axo Salzgurke, der inzwischen auch auf dem Balkon erschienen war. Aber jetzt zeigte sie auf Oleg von der Gurke: „Und weil es dumme und selbstverliebte Gurkenmenschlein gibt, die sich benutzen haben lassen!" Lobinie machte einen spitzen Mund und schnaufte verächtlich auf. Oleg sagte gar nichts, er seufzte nur leise. Das Volk zeigte jetzt seinen Zorn gegen Oleg, schimpfte auf diesen und buhte ihn lautstark aus.

„Ihr braucht jetzt gar nicht so empört zu tun!", sprach Lona de Misa nun sehr ernst zur Menschenmenge. „Denn schuld seid ihr selbst! Ihr, die ihr euch habt aufhetzen lassen und es dazu habt kommen lassen!" Jetzt gab es nur noch ein verschämtes Grummeln. „Ihr habt Fiona, die es immer gut mit euch gemeint hat, schändlich in Stich gelassen." Sie umarmte Fiona und nahm ihre Hand.

Jetzt jubelten sie wieder und auf einmal gab es ein paar wenige die riefen: „Lona de Misa! Du bist unsere Gurkenkönigin!" Immer mehr schlossen sich dem an, bis die ganze Menge auf dem Schlossplatz skandierte: „Lona de Misa! Du bist unsere neue Gurkenkönigin!" Doch Lona de Misa machte mit ihren Händen ein Zeichen, dass die Menge leise werden solle. Als sich der Aufruhr legte, sprach sie ruhig, aber bestimmt: „Nein, das bin ich nicht!" Sie nahm jetzt die Hand von Franzi: „Ich gehöre zum Tegernsee, das ist meine Heimat. Aber ich rate euch etwas", sie machte eine kurze Pause. Dann sprach sie weiter: „Als Kind habe ich ein schönes Buch gelesen. Es heißt: *Wir pfeifen auf den Gurkenkönig!*" Jetzt schauten sich alle fragend an. „Wählt doch eine Gurkenpräsidentin! Als Zeichen, dass nun eine neue Zeit für das Gurkenland anbricht. Niemand soll jemals wieder auf einem Thron sitzen und das Volk unterdrücken!", rief sie energisch. „Und ich weiß da auch schon eine super Kandidatin!", lächelte sie Fiona Cucumber an. Sie hatte noch einen Vorschlag: „Als neue Nationalhymne würde ich euch vorschlagen: *Wir pfeifen auf den Gurkenkönig!*" Jetzt schauten sowohl Oleg von der Gurke als auch Zapotak sehr belämmert aus.

Das Volk aber jubelte und klatschte wie wild. Und es sang voller Freude: „Fiona! Fiona! Wir pfeifen auf den Gurkenkönig. Schalalala! Wir wollen eine Gurkenpräsidentin! Schalalala!"
Lona de Misa sprach weiter und sah dabei zu Zapotak. „Und du Zapotak", sie sah ihn ernst und finster an, „du sollst nicht ungeschoren davon kommen!"

Der drehte seinen Kopf von Lona de Misa weg, tat so als ob ihn das alles gar nichts anginge, gähnte und machte eine verächtliche Handbewegung. Er sah auf seine Armbanduhr. Aber Franzi stand hinter ihm, zog ihn an den Ohren und brachte ihn dazu, wieder zu Lona de Misa zu schauen. Doch Zapotak beeindruckte das nicht wirklich. Im Gegenteil, er grinste Lona de Misa nur an und sagte: „Du kannst mir gar nichts, du Dirndlkönigin, hähähä!

Und dann ganz plötzlich, ohne Vorwarnung, war sie da! Die Hexe Korbina flog mit ihrem Besen am Balkon vorbei. Niemand hatte bemerkt, dass sich da jemand von oben fliegend auf das Schloss zubewegte.

Aber Zapotak wusste es. Pünktlich auf die Sekunde kam sie daher. Zapotak hatte Korbina bei seiner Verhaftung, kurz bevor er gefesselt wurde, noch mit Hilfe seiner Uhr antelepathieren können. Er hatte leise in seine Uhr die Worte: „Korbina! Schnell! Die Gurken werden sauer!", gesprochen. Franzi hatte das zwar bemerkt, aber er dachte, dass dieser sonderbare Ausspruch dem Umstand geschuldet gewesen war, dass Zapotak gerade einen steinernen Bierkrug auf den Schädel bekommen hatte. Doch in Wirklichkeit war es ein Notfall-Code, welchen er einmal mit der Hexe

Korbina ausgemacht hatte, falls es wider Erwarten doch mal zu Aufständen im Gurkenland kommen würde. Es war so eine Art Versicherung für böse Zauberer und Diktatoren rund um die ganze Welt. Viele dieser Bösewichte zahlten in diese Versicherung ein, denn Korbina war absolut zuverlässig. Wenn der Code aktiviert wurde, dauerte es genau 15 Minuten und sie war da. Sie war immer pünktlich. Keine Sekunde später.

Zapotak hätte nie gedacht, dass er diese Versicherung jemals in Anspruch nehmen müsste, eigentlich hatte er sie damals gar nicht abschließen wollen. Korbina hatte sie ihm regelrecht aufschwatzen müssen. Aber jetzt war er froh, denn sie packte ihn im Flug, lockerte flink seine Fesseln, setzte ihn blitzschnell auf ihren Besen und flog mit so großer Geschwindigkeit weiter, dass weder Lona de Misa, noch Franzi, oder sonst jemand reagieren konnte. Da war sie einfach Spitze!

Und schwupps war sie mit Zapotak schon wieder in der Luft unterwegs, unerreichbar für die Hände von Franzi, der nach den beiden schnappte.

Korbina und Zapotak

Und jetzt rief Zapotak der „Dirndlkönigin" zu: „Lona de Misa! Du hast meinen Traum zerstört! Mich vom Thron gestoßen! Dafür wirst du noch büßen. Dieses Mal hast du gewonnen, aber man sieht sich immer zweimal! Und Frau auch, hähähä!"

Und sie trafen sich wieder! Nicht nur zweimal. Aber das ist eine ganz andere Geschichte! Die erzähle ich euch ein anderes Mal.

Ihr werdet euch jetzt sicher fragen, warum im Gurkenland am Ende der Geschichte alle beinahe noch so alt waren wie zu Beginn. Nun, das kann ich gerne erklären: In Wirklichkeit waren nur zehn Jahre vergangen, seit Zapotak die Macht an sich gerissen hatte. Aber er hatte seinen Zauber so angelegt, dass für alle außerhalb des Gurkenlandes das Gurkenland und seine Menschen in Vergessenheit geraten waren und es ihnen so vorgekommen war, als ob es seit vielen Generationen dort nur einen bösen, bösen Wald gegeben hatte, indem das Symptom hauste.

Eigentlich waren Zapotaks Plan und seine Ausführung das perfekte Meisterstück – aber nur eigentlich. Denn er hatte nicht mit Lona de Misa, Franzi, Simmy und Monsky, Wasiro und Massila sowie Fridolin gerechnet. Für diese Heldinnen und Helden wurde ein großes Denkmal im Schlosspark errichtet. All die Statuen von Zapotak wurden dagegen geschleift.

In Lebensgröße wurden dafür acht Skulpturen aus Holz geschnitzt und aufgestellt: Das Denkmal stellte den Augenblick dar, in welchem die sieben Helden gerade Zapotak überwältigten. Besonders gelungen waren die Skulpturen von Franzi und Lona de Misa: Beide in fescher bayerischer Tracht und Franzi schlug gerade mit dem Tegernseer Steinkrug auf Zapotaks Kopf.

Auf einer großen Tafel war dazu geschrieben: *„Es werden düstere und böse Zeiten auf uns zukommen, das ganze Land verkommen. Das Symptom wird herrschen und uns alle knechten, die Guten wie die Schlechten! Oh weh, wer kann uns retten? Du dumme Nuss! Nur die Netten aus dem Dorfe der Haselnuss. Sagt es ihnen, wenn sie liegen in ihren Betten: Zwei tapfere Eichhörnchenmädel mit buschigem Schädel zusammen mit zwei Gästen aus dem südlichen Westen! Lesen ist Träumen und Träumen ist Freiheit!"*

Mit einem großen Fest und viel Haselnussbier wurde das Denkmal im Beisein der sieben Heldinnen und Helden von der frisch gewählten Präsidentin Fiona Cucumber am Tage ihres Amtsantrittes eingeweiht. Das Fest dauerte die ganze Nacht, sowas hatte man lange nicht mehr im Gurkenland gesehen. Auch die Eltern von Simmy und Monsky waren extra dazu ins Gurkenland gekommen. Sie waren so dankbar und glücklich, dass ihren Mädchen nichts geschehen war.

Am nächsten Morgen reisten Lona de Misa und Franzi ab, denn irgendwann mussten sie auch mal wieder nach Hause. Franzi sagte zu den neuen Freunden: „Der Tegernsee ruft! Ich will jetzt mal wieder unseren See und unsere Berge sehen!"

Lona de Misa lächelte ihn an: „Und vor allem willst du mal wieder eine Schweinshaxe und eine Maß Tegernseer Bier sehen, oder?"

Franzi grinste und gab Lona ein dickes Bussi auf die Backe. Und alle mussten lachen. Die Verabschiedung dauerte dann ganz schön lange, denn beinahe jeder Gurkenmensch wollte sich nochmal persönlich bei Lona de Misa und ihrem Franzi bedanken. Der bekam als Geschenk noch ein großes Fass Haselnussbier mit. Eigentlich war ihm an diesem Morgen gerade nicht so nach Haselnussbier, denn er hatte wieder so einen Kopf auf, wie an besagten Morgen als Simmy und Monsky verschwunden waren. Aber er bedankte sich herzlich und stemmte das Fass auf die Schulter. Dann winkten sie und zogen los.

Kapitel 12:   Ein paar Jahre später

Es waren jetzt schon einige Jahre vergangen, seit Lona de Misa und ihr Franzi den Urlaub in Haselnussdorf verbracht und mitgeholfen hatten, das Gurkenland zu befreien.

Lona de Misa und Franzi dachten oft an ihre Abenteuer im Gurkenland und hielten Brieffreundschaften zu ihren Freunden in Haselnussdorf und im Gurkenland.

Und jetzt hatten sie doch tatsächlich Einladungen zu zwei Hochzeiten bekommen: Simmy und Fridolin wollten in Haselnussdorf heiraten! Und eine Woche später Monsky und Wasiro in Gurkenheim! „Wahnsinn!", rief Lona de Misa aus. „Wie die Zeit vergeht. Unsere Eichhörnchenmädchen sind inzwischen erwachsene Frauen geworden!"
Und Franzi freute sich auch: „Da fahren wir hin! Ich möchte endlich mal wieder Haselnussbier trinken!"

Lona de Misa lachte: „Und natürlich den guten Nuss-
braten essen, mein Schatzi, oder?"
Obwohl der Gedanke an den Haselnussbraten seine
Euphorie etwas bremste, musste auch Franzi mitla-
chen.

Simmy und Fridolin waren seit dem Sturz von
Zapotak ein Paar und lebten in Haselnussdorf. Sie ar-
beiteten nun in dem Gasthaus von Simmys Eltern.
Fridolin war äußerlich immer noch ein rosa Pudel. Er
konnte nicht entzaubert werden. Das hätte nur Korbina gekonnt und die tauchte nicht wieder auf. Aber
das störte Simmy überhaupt nicht. Im Gegenteil! Sie
wusste ja, dass ihr Fridolin im Kern ein Eichhörn-

Simmy und Fridolin mit Familie

chen war und sie hatte den rosa Pudel von Anfang an auch irgendwie schön und vor allem total süß gefunden. Fridolin wäre schon gerne wieder auch vom Äußeren ein Eichhörnchen gewesen. Aber er haderte nicht mit seinem Schicksal. Wenn Simmy ihn so liebte, wie er war, dann war das gut so. Seine Familie hatte ihn zwar zuerst gar nicht erkannt, als er in das Dorf zurückgekehrt war. Aber dann wurde er umso herzlicher begrüßt und wieder aufgenommen.

Simmys Schwester Monsky ging zuerst auch zurück nach Haselnussdorf. Sie und Wasiro blieben in Kontakt und besuchten sich regelmäßig. Und im Laufe der Zeit wurden auch sie ein Paar. Monsky zog schließlich ins Gurkenland zu ihrer großen Liebe Wasiro. Das Gurkenland war ja jetzt wieder offen. Fiona wurde, wie bereits erwähnt, kurz nach der Befreiung des Gurkenlandes mit großer Mehrheit zur Gurkenpräsidentin gewählt, war aber dann nach ein paar Jahren in den Ruhestand getreten. Jetzt hatte sie auch Zeit, gemeinsam mit ihrem Vater ein Buch zu schreiben. Sie hatten sich damals im Kerker so viele Geschichten erzählt und hatten somit Stoff für viele Bücher. Das erste Buch, welches erschien, hieß: „Eine Gurke kommt selten allein. Jetzt haben wir den

Wasiro und Monsky

Salat!" Ein witziger Roman über ein sehr tollpatschiges, aber auch sehr nettes Gurkenmännlein und eine hübsche und schlaue „Halbgurke", welche nach einigen Irrungen und Wirrungen doch noch ein Paar wurden. Ein riesiger Erfolg nicht nur im Gurkenland, auch in vielen anderen Ländern stand dieses Buch wochenlang auf Nummer Eins der Verkaufsliste. Sie selbst fand auch ihr persönliches Glück: Es war der ehemaligen Chefredakteur des *Gurkenheimer Anzeigers* Pablo Pepino, welchem sie ihr Herz schenkte.

Dieser gründete eine neue Zeitung und nannte sie die *Stimme der Freiheit*. Fiona schrieb ab und zu auch Kolumnen, Glossen und Kurzgeschichten dafür. Sie waren sehr glücklich zusammen, heiraten wollte Fiona aber nicht. Sie schmunzelte immer wenn ihr Papa und ihre Mama sie fragten, wann es den endlich eine Hochzeit gäbe: „Ich war lange genug im Kerker gefangen, ich lasse mich doch nicht nochmal einsperren …" Das meinte sie aber nicht böse, denn sie liebte ihren Pablo wirklich, aber ihre Freiheit eben auch.

Zum Nachfolger von Fiona hatten die Gurkenmenschlein Wasiro gewählt. Dieser war ein guter und bescheidener Gurkenpräsident. Gerecht und ehrlich, das Volk liebte ihn. Und er liebte seine Monsky und diese ihn. Niemand regte sich auf, dass er keine „echte Gurkenländerin" zur Frau nehmen wollte. Oma Massila war mächtig stolz auf ihren Enkelsohn Wasiro.

Im Gurkenland herrschte nun wieder Freiheit, Frieden, Harmonie und Toleranz. Ganz so, als hätte es die Regentschaft von Zapotak nie gegeben.

Und Oleg von der Gurke? Der lebte mehr schlecht als recht mit seiner Lobinie zusammen. Diese nörgelte und motzte ihn Tag und Nacht an. Das war Strafe genug für ihn! Während also Oleg von der Gurke im Gurkenland blieb, hatten seine ehemaligen Parteifreunde sich so schnell wie möglich aus dem Staub gemacht. Es hieß, sie hätten sich irgendwo im südlichen Westen unter anderen Namen niedergelassen und sich in der neuen Heimat einer großen Partei angeschlossen. Einer Partei, die dort fast immer jede Wahl gewinnt. Das gefiel ihnen. „Da können wir drei nichts falsch machen!", hatten sie sich gedacht. Es wurde im Gurkenland erzählt, Axo Salzgurke habe es dann sogar noch zu einem Mandat als Abgeordneter gebracht. Er hatte ja von Zapotak gelernt, wie Wahlkampf geht ... Aber das ist wieder eine andere Geschichte.

Es waren zwei wunderschöne Hochzeiten, das kann ich euch sagen. Solch glückliche Brautpaare wurden selten gesehen. Und als sich nach einiger Zeit bei beiden Paaren Nachwuchs ankündigte, war das Glück perfekt!

Abbildungsverzeichnis

Wolfgang Rzehak, geb. 1967 in Tegernsee, ist im oberbayerischen Miesbach aufgewachsen und lebt jetzt in Gmund am Tegernsee. Er ist ein Familienmensch und verheiratet mit seiner Jugendliebe Susanne, sowie stolzer Vater zweier Töchter, Lisa und Mona. 2014 wurde er mit der Wahl zum ersten Grünen Landrat in Deutschland überregional bekannt – damals ein „kleines Wunder" im tiefschwarzen Oberland.

Lisa, 12 Jahre, malt mit Begeisterung und täglich, seit sie einen Stift halten kann. Neben vielen anderen Ideen könnte sie sich auch vorstellen, die Illustration oder Schriftstellerei zu ihrem Beruf zu machen.
Mona, 10 Jahre, ist ebenso begeistert am Malen und Geschichten erfinden. Aber wer weiß: Spiele ersinnen ist eine weitere Leidenschaft …